우~. 요즘에는 성훈이가 잘 안 놀아줘서 심심하느니라.
불만, 불만이 폭발할 지도 모르겠느니라~!"

"오랜만에 같이 씻자
"저도 같이 해요, 주인님."

"……."
"이, 이 쓰레기 같은 놈아!
고개 안 돌리느냐?!"

"네 계획을 말 하거라! 네 놈이 흰둥이의 행복을
위협할 수 있는 짓거리를 생각하고 있다면
내가 막아야 하니까! 말하지 않는다면
네 놈을 반 죽여 놓는다 해도 강제로 듣겠느니라!"

나와 호랑이님 10

언니는 너를 언제나 사랑한단다~♡

제2부 나와 호랑이님 연(緣) 1권

카넬 지음
영인 일러스트

목차

다시 시작하는 이야기

옛날 옛적에 호랑이 한 마리가 살았습니다. 그 호랑이는 애정 결핍에, 관심병에 걸린 불쌍한 아이였어요. 그래서 호랑이는 사랑을 받고 싶어 했고 여러 가지의 별것 아닌 일을 겪은 뒤, 진정한 사랑을 깨달을 수 있었답니다.

"……라는 게 지금까지의 이야기입니다."

나는 여성용 정장을 입은 채 어울리지도 않는 뿔테 안경을 고쳐 쓰는 창귀에게 말했다.

"정신 나갔냐?"

지금 정신 나갈 사람은 다름 아닌 난데 말이다.

지난 여름 방학. 고등학교 1학년의 여름 방학을 화려하게 날려 버린 나는 어쩌다 보니 전 세계에 얼굴을 팔리게 되어 버렸다. 유명한 팝의 황제같이 좋은 이미지라면 불만이 없겠지만 현실은 시궁창. 자세한 이야기를 할 시간이 없으니 간단히 말하자면, 나는 인간들이 이야기 속의 존재라 생각했던 요괴의 왕이 되었다.

"우~. 성훈이가 안 놀아 줘서 쓸쓸하느니라. 이러다가는 불만, 불만이 폭발할지도 모르겠느니라~!"

그 원인이 된 전직 요괴의 왕인 호랑이 녀석은 세상이 어떻게 돌아가든 말든 나는 모르냥~을 외치며 방바닥에서 뒹굴뒹굴하고 있다. 이런 모습을 보기 위해 노력했지만……. 너무 부러워서 질투가 다 나네. 어쩔 수 없지. 나는 책상에서 몸을 돌려 내 감정을 발에 가득 담아 랑이의 배를 이리저리 누르며 장난을 쳤다.

"우옷?! 역시 조르고 볼 일이구나!"

……랑이는 놀아 준다고 생각하는 것 같지만. 내가 발을 움직이는 데로 왼쪽으로 뒤척, 오른쪽으로 뒤척거리면서 그 뽀얀 가슴팍까지 살짝살짝 드러내는 게 이대로 의자에서 내려가 살짝 누르고 비비며 흔들면서 장난을 치고 싶어지지만.

"……."

"……알고 있거든?"

옆에서 차가운 눈매로 바라보고 있는 세희 때문에 그럴 수가 없다.

"지금 처리하셔야 할 업무가 산더미입니다."

"……알고 있으니까."

밀려오는 현실에 밀려오는 한숨을 쉬느라 발치에서 뒹굴고 있는 랑이에게 신경을 못 썼다.

"앗! 성훈아, 발이 멈췄느니라!"

놀아 주려던 건 아니었다. 하지만 이렇게 랑이의 배에 발을 올리고 있자니 어째서 권력자들이 호랑이 가죽을 선호했는지 이해가 된다고 할까, 크윽! 이 녀석은 도대체 왜 이렇게 보들보들 말랑말랑 몰캉몰캉 한 거야?! 발바닥이 아니라 얼굴을 비비고 싶어지잖아! 내가 지금 일만 아니었어도!

……아니지.

잘 생각해 보자. 내가 지금 이런 일을 도맡아 하는 건, 어디까지나 랑이와 행복하게 지내기 위해서이다. 그런데 그런 일 때문에 랑이를 외롭고 쓸쓸하고 심심하게 놔둔다면 그것이야말로 본말전도가 아닐까.

그렇다.

세상의 모든 일에는 순번이 있는 법이다. 내가 지금 당장 해야 할 일은…….

"알고 계신다고 하셨습니다만."

일을 하는 것이죠.

나는 세희의 목소리에 다시금 정신을 차렸다. 이대로 있다가는 난 랑이와 놀아 주게 되고 세희는 고3 수험생을 둔 극성 학부모 모드가 될 것 같군. 어쩔 수 없지. 나는 잠시 펜을 내려놓고 몸을 굽혀 랑이에게 손을 내밀었다. 랑이는 눈을 빛내며 내 손을 잡고 일어나는 것에 만족하지 않고 내 무릎 위에 앉으려 했다. 내 생각은 하지 않고 일단 들이대고 보는 랑이의 엉덩이를 보자니 이대로 두 손으로 저 토실토실한 복숭아를 만지작만지작하고 싶은 욕망이 일순간 들었지만 인간은 이성적인 동물. 나는 랑이의 엉덩이를 손등으로 툭 쳐서 밀었다.

"으냐앗?"

그럴 줄은 상상도 못 했다는 듯이 랑이가 꼬리까지 바짝 세우면서 두 손으로 엉덩이를 가리며 한 발자국 앞으로 나가 고개를 돌려 울상인 표정으로 나를 본다.

엄살은.

"성훈이가 때렸다!"

……이게 때린 거면 나래는 나를 죽이고 또 고쳐 죽여, 백만 번 고쳐 죽여, 넋이라도 있고 없고로 만드는 걸 거다.

"지금은 바쁘니까 조금 있다가 놀아 줄게."

볼 부풀리지 마라. 나도 지금 너하고 같이 놀고 싶으니까.

"그 말 한 게 벌써 50분 전이니라!"

나는 시계를 보았다. 2시 50분. ……벌써 그렇게 됐나.

"나래가 말했느니라. 그러니까……, 응! 사람의 집중력에는 한계가 있어서 50분 일하면 10분 동안 쉬어야 한다고! 그게 더 효율이 좋다고! 그러니까 성훈이는 나와 놀아 줘야 하느니라!"

우리 랑이는 머리가 참 좋아요. 자기한테 유리한 이야기는 잊지 않고 잘도 기억하고 있잖아요?

하지만 나에게도 지금 이 자리에서 나올 수 없는 이유가 있다. 지금 책상에 쌓여 있는 서류들을 결재하지 못하면 요괴들 사이에서 불만이 터져 나올 수 있다고. 그것은 즉 나와 랑이의 행복한 생활에 강력한 걸림돌이 될 수 있다. 이에 대한 자세한 이야기는 나중에 하자. 지금은 내 앞에서 귀여운 시위를 시작한 사랑스러운 내 고용주이자 피고용주의 설득이 먼저다.

"세희."

"예, **주인님.**"

내가 한다고는 안 했다.

"그렇다는데?"

"……**안주인님.**"

이제는 익숙해져 버린 호칭에 랑이는 처음처럼 기뻐하기보다는 으르렁거리며 귀를 세우고 이를 드러냈다.

"또, 또 무슨 말로 내 뜻을 가로막을 셈이느냐? 세희, 네가 무슨 말을 하든지 나는 이번만은 절대로 물러서지 않을 것이니라. 나는 이미 50분 동안 기다렸단 말이다!"

5천 년 동안 기다린 것 같은 절박한 목소리로 말하지 마라.

"성훈이가 나를 위해 일을 한다는 것을 알기에 꾹 참고 기다렸단 말이니라! 그러니까……."

그 때, 드르륵 하고 문이 열리는 소리와 함께 낭랑한 목소리가 방 안을 가득 채웠다.

"그런데, 랑이야. 내가 성훈이 방해하지 않는 걸 조건으로 들어가도 좋다고 했던 것 같은데?"

기세 등등, 전투 준비 만만이던 랑이가 그대로 굳어 버렸다. 나는 쓴웃음을 지었고 세희는 한숨을 쉬었으며 랑이는 끼기

긱 고개를 돌렸다. 그곳에는 문턱에 기대고서 팔짱을 끼고 이쪽을, 정확히는 랑이를 바라보고 있는 나래가 있었다.

"아니, 이, 이건 그거다! 그런 것이다!"

오호, 핑핑 돌아간다, 핑핑 돌아가. 랑이가 머리를 굴리는 소리가 여기까지 들린다.

"나래가 가르쳐 주지 않았느냐? 사람이 너무 무리하면 쓰러지고 만다고! 그래서 그렇다! 나래도 성훈이가 쓰러지면 여기가, 마음이 아프지 않겠느냐?"

랑이가 자신의 앙증맞은 가슴에 손을 얹고서 열심히 말한다.

"그래서, 그래서……! 나는……! 어쩔 수 없었느니라!"

자기가 생각해도 감동적인 연설이라고 생각했는지 랑이가 흥흥하고 콧김을 내쉬었다. 그에 답하듯 나래가 짝짝짝, 영혼 없는 박수를 친 후 말했다.

"변명은 다 했니?"

"으냐앗?! 안 통했구나!"

용의자의 자백에 나래가 상냥해 보이는 미소를 지었다. 그 미소에 겁먹은 건 나뿐이 아니었나 보다.

"서, 성훈아. 호, 호랑이 살려라!"

나를 향해 랑이가 몸을 던졌다. 하지만 그것보다 먼저 나래가 슈슈슉, 부족한 내 어휘로는 이렇게밖에 말할 수 없다, 꿀을 눈앞에 둔 곰같이 움직이더니 공중에서 랑이의 혁대 부근을 낚아챘다.

"으냐앗?! 이, 이거 놓거라!"

공중에 붕 뜬 랑이가 손발을 흔들며 허공에서 헤엄을 치려고 하지만 나래는 요지부동.

"성훈아! 성훈아아아~~!"

진주 같은 눈물을 뚝뚝 흘리며 내게 손을 뻗지만 그 뒤에는 사드 같은 눈동자를 불태우고 계시는 나래 님이 계신다. 나는 내 목숨을 부지하기 위해서 손을 흔들어 주었다. 생명은 소중하니까요.

"조금 있다가 같이 놀자."

"그, 그럴 수가~."

랑이의 마지막 저항은 고개를 푸욱 떨구는 것으로 끝났고 나는 나래에게 눈빛으로 말했다.

고마워.

나래 역시 내게 눈빛으로 말했다.

네가 일만 빨리 했어도 이런 일은 없었어, 이 무능력자야.

……아야의 말버릇이 나래에게 영향을 준 걸까.

"그럼 마저 수고해."

"응."

"으냐아~. 놀고 싶다~. 같이 놀고 싶다~."

아직도 포기 못 했는지 엉덩이와 꼬리를 흔드는 랑이를 옆구리에 끼고서 나래가 방을 나서자 방 안에는 다시 나와 세희만이 남게 되었다.

"그러면 주인님. 계속 하던 일이나 마저 하시죠. 안주인님과의 행복한 미래를 위해서[웃음] 말이죠."

"그보다 넌 왜 여기서는 만날 그런 차림이야? 신경 쓰이게."

세희는 내가 일을 할 때는 정장에 뿔테 안경까지 쓰고, 방에서 나가는 순간 보통 입고 나녔던 한복으로 돌아온다.

"이곳은 왕의 집무실. 그렇다면 저 역시 당연히 그에 합당한 복장이어야 하지 않겠습니까."

겨우 그런 이유로 내가 일할 때마다 옷을 갈아입지 마라.

……물론 나야 비서 누님이라는 카테고리에 패티쉬적인 취향이 있긴 하지만. 그것 때문에 지금까지 아무 말도 하지 않았지만.

"그런데 제가 이런 옷을 입은 지 한 달이나 지난 지금. 인제와 말씀을 하시는 것은 제 비서 복장에 질리신 겁니까? 아니라면 더 이상 참을 수 없게 되신 겁니까?"

둘 다 아니다. 그저 네가 부끄러운 일을 입에 담아서 말을 돌리기 위해 생각 없이 던진 화제가 이상한 거였을 뿐이야.

"일이나 도와주세요."

나는 어떤 대답을 해도 멸망으로 다다르는 질문을 피하며 서류의 결재를 다시 시작했다.

그날.

랑이가 다시 내 곁으로 돌아온 날 이후. 나는 내 삶에 상당히 많은 변화가 일어날 거라고 생각했다. 상상 속의 존재였던 요괴가 실제로 존재한다는 사실이 세계에 알려지고, 나는 그들의 왕이 되어 버림과 동시에 얼굴이 전 세계에 알려졌다. 며칠 동안은 TV만 틀면 나에 대한 이야기가 흘러나오기도 했다. 세상은 말 그대로 혼란. 대혼란의 시대가 열렸다. 그 혼란스러운 상황에서 나는 약 한 달간…….

지리산 할아버지 댁에 처박혀서 서류에 사인하는 일만 반복하고 있다.

……아니, 나도 예상 못 했어. 그런 일이 벌어진 다음 날에 할아버지 댁으로 납치당할 줄 말이야. 그러고선 전에 머물던 방에, 전에는 없던 회장님 책상과 의자에 앉혀지고서, "오늘 안에 주인님께서 결재해 주셔야 하는 서류입니다. 사인……은 없을 테니 대충 만들어서 그리시지요."라는 말을 들었을 때는 나도 어이가 없었다.

내 인권은? 내 학창 시절은? 내 인간관계는? 거기다 왜 다시 주인님이라고 부르냐? 이런 소리를 해도 세희는, "요괴의 왕이 되신 이상, 모두 다 각오하셔야 하는 일입니다. 꿇리면 뒤지시든가."라는 말로 나를 침묵하게 만들었다.

그리고 지금까지 나는 매일매일 하루도 거르지 않고 근무기준법에 위반하며 일을 했다. 불행 중 다행이라고 할까, 아니면 그 덕분이라고 할까. 난 현재 요괴들의 사회에 대해서 어느 정도는 이해할 수 있게 되었다. 간단히 설명하자면 요괴들의 사회는 일종의 지방 자치제와 닮았다. 전 세계에 있는 요괴들은 각자 지역에 따라 선발된 대표자를 가지고 있고, 그에 따라 각자의 문화, 양식 등을 가지고 살아간다. 그리고 그들은 일단 나를 섬기는 것으로 되어 있는 것 같다. ……왜 가정형이냐면 그 속마음까지는 모르니까. 기린의 인정을 받아 공식적으로 왕이 되었다고는 하나, 실력 우월주의적인 요괴들이 나 같은 허약한 인간을 진심으로 왕이라 생각할 거라는 희망적인 관측은 하지 않는다. 하늘의 인정을 받았으니까 어떻게 할 수도 없이 속으로만 앓겠지.

……뭐, 지금까지 큰 문제는 없으니까 됐다. 어쨌든, 그렇기에 나는 그 대표자들이 자기 선에서 처리하지 않는, 못 하는 게 아니다, 사항들에 대해서 결재를 해 주고 있는 상황이다.

한 달 내내.

사람 살려.

"손이 놀고 있습니다."

"……하루에 3천 번이 넘게 사인을 하면 손목이 아프다고."

"그 3천 장이 넘는 서류의 모든 내용을 읽어 보고, 대책을 세우는 게 접니다. 덕분에 지금 밀린 애니가 열두 작품에 놓친 이벤트가 다섯 개, 만렙을 찍지 못한 캐릭터가 24개입니다. 슬슬 짜증 나서 때려치우고 싶어졌는데 잘되었군요. 한 번만 더 말씀해 보시지요. 오랜만에 진심으로 화내는 제 모습을 다시 볼 수 있으실 겁니다."

응. 일에 관련해서는 세희의 신경을 거스르지 말자. 요 한 달간 제대로 쉬는 걸 본 적이 없으니까.

"……아니. 아닙니다. 열심히 사인하겠습니다."

지금 가장 힘든 건 세희겠지. 사실상 거의 모든 일을 도맡아서 하고 있는 실정이니까. 평범한 인간으로 살아온 내가 요괴들의 왕이 되었다 한들 갑자기, 이것이 나의 진정한 힘인가! 하고 각성할 리가 없잖아. 거기다, 나. 머리도 나쁘고.

"그래서야 완전히 꼭두각시입니다만."

"가족에게 도움을 받는 거라고 몇 번을 말해야 되냐."

"주인님께서 저를 가족같이 대해 주시니 정말 기분이 좋군요."

"이상한 곳에서 세게 말하지 마!"

나도 랑이하고 너, 그리고 아이들을 위해서 생각해 두고 있는 게 있으니까.

"그것보다 손이 놀고 있다고 몇 번이나 말해야 하는 겁니까. 주인님께서는 멀티태스킹이…… 아, 멀티태스킹이란 두 가지 일 이상을 동시에 하는 것을 말합니다."

"그 정도는 알아!"

"알고 계시면 실천하시죠. 안주인님께서 기다리시지 않습니까."

그래서 나는 손을 움직여 사인을 했다. 처음에는 어설펐던 내 사인이 손에 익은 지금.

어느덧 계절은 가을이 되어 있었다.

첫 번째 이야기

"으아아아~ 힘들어~"

오늘 치 할 일을 마치고 방에서 나온 나는 그대로 마루에 엎어져 버렸다. 피곤해……. 잠시 이렇게 대청마루에서 느껴지는 한기를 느끼며 체력과 심력을 보충하자.

나무에 이마를 대고 있으니 머리가 시원해진다. 가을이라고 하지만 아직 오후까지는 더운 감이 있으니까.

정말, 어렸을 때의 가을은 이렇지 않았는데.

"아우우우. 수고하셨어요, 오라버니."

그런 내게 익숙한 말버릇을 가진 소중한 여동생의 목소리가 들렸다. 고개만 들어 올리자 색동 치마가 미처 가리지 못하고 있는 약간 불그스름한 뽀얀 무릎이 보인다. 음. 이건 내 나쁜 버릇 중에 하나인데……. 아이들이 무방비하게 있으면 꼭 장난을 치고 싶단 말이지? 보통은 이성으로 억누르는데, 하루에 몇 시간씩이나 반복 작업을 계속하는 내게 그런 게 남아 있을 리가 없다. 그래서 나는 있는 힘껏 숨을 들이마신 다음에 내뱉었다.

"후우우우우우우~!"

색동 치마가 나풀거리며 가려져 있던 흰색과 파란색의 줄무늬 팬티가 보였다.

"꺄우우우우우우?!"

치이가 깜짝 놀라서 다리를 모으고 치마를 손으로 눌렀지만 이미 늦었지. 고개를 이 이상 드는 것은 힘들어서 알 수 없지만, 아마도 치이의 귀 위 머리카락은 쉴 새 없이 파닥거리고 있을 테고 양 볼은 붉게 타오르고 있을 거다. 보이지 않아도 알 수 있다. 그 사실이 나의 장난기를 더욱 부추겼다. 나는 엄지를 추켜올리며 말했다.

"역시 치이는 줄무늬 팬티지!"

"변태 오라버니!!"

그런 내 뒤통수에 치이의 자그마한 발꿈치가 내려찍혔다. 진심이라면 그대로 두개골이 함몰되어 세희의 뒤를 이었겠지만, 약한 투정이었는지 이마가 살짝 아픈 게 전부다.

"무, 무슨 짓인 건가요?!"

이대로 놔두면 분명히 삐치겠지. 그 모습을 보는 것도 좋겠지만 그 후에 다른 애들이 보일 반응이 좀 무섭다. 나래라든가, 페이라든가, 나래라든가.

그래서 나는 그대로 몸을 뒤집었다.

"꺄우우우?!"

치이가 놀라서 가랑이 사이로 손을 집어넣으며 치마폭을 누른다. 자기 딴에는 내가 아래에서 팬티를 볼까 봐 한 행동이겠지만 덕분에 보기에 따라서 더욱 야할 수 있는 모습이 되었다. 그런데 치이야. 너, 색동저고리가 조금 크다는 건 잊어버렸구나. 천으로 동여맨 가슴이 살짝 보인다고.

난 벌떡 일어나서 몸을 돌려 안절부절못하는 치이의 어깨에 손을 올렸다.

"히이익?!"

……지금 진심으로 무서워했어.

"아니, 난, 그냥……. 장난이 치고 싶었던 것뿐인데……."

"하우우……. 그랬던 건가요……."

치이가 가슴팍에 손을 얹고 귀 위 머리카락을 추욱 내리고서 안도의 한숨을 쉰 것도 잠시.

"……가 아닌 거예요!"

이내 팔락팔락하며 쌍심지를 켜고 화를 냈다.

"어, 어째서 그런 장난만 치는 건가요?! 로리콘 오라버니는 나가 죽는 거예요!"

척 하고 삿대질까지. 나야 그 말에 진심이 없다는 걸 알기에 흐뭇한 미소를 지으며 바라볼 뿐이다. 그것에 더 화가 났는지 치이는 이내 팔을 파닥이면서 자신의 갈 곳 없는 분노를 운동에너지로 풀어냈다. 저러다가 하늘로 날아가겠네. 그러면 안 되지.

겨우 마련한 보금자리인데.

"장난이 좀 심했네. 미안해."

나는 치이를 두 팔로 꼬옥 안아 주었다.

"꺄우, 꺄우우우?!"

갑작스러운 포옹에 당황했는지, 혹은 부끄러워서 그런지 꺄우우~ 소리만 계속 내는 치이의 머리를 쓰다듬어 준다.

아~. 치유된다.

"그런데 너 가슴이 좀 커진 것 같다?"

"변태 오라버니는 제발 좀 죽는 거예요!"

아팠다.

"어제보다 14분 늦었어."

아……. 긴장된다. 나는 안방에 앉아 스톱워치를 내게 보여 주며 읽고 있던 서류철을 덮은 나래에게 나름대로 변명을 꺼냈다.

"어제보다 양이 많았습니다."

"어제 네가 처리한 서류의 수는 3,761장. 오늘은 3,521장. 다시 말해 볼래, 성훈아?"

"……그걸 어떻게 다 기억하고 있어?"

"……네가 처리하는 서류, 내 손 거쳐 간다는 거 까먹었지?"

내가 하고 싶은 말은 그걸 다 기억하고 있는 네 기억력이 신기하다는 거였는데.

웅녀의 신내림 이후. 나래는 더 이상 곰의 일족 예비생이 아니게 되었다. 여기서 가슴이 커졌다고 생각한 사람은 나와 같은 큰가슴 사랑해 일족일 거라고 생각하지만 나래에게 직접 이야기하면 진심으로 화낸다. 갑자기 커진 가슴이 조금 콤플렉스가 된 것 같거든. 이런 아무래도 상관없는 이야기는 넘어가고. 웅녀에게 신내림을 받는 것은 곰의 일족에서도 상당히 특이한 일이고 상징성이 있다고 정미 누나는 내게 말했다. 그래서 나래는…….

–경– 곰의 일족 차기 수장이 되었습니다. –축–

……나한테 따지지 마. 정미 누나가 나래를 차기 수장으로 권유했을 때 내 반대를 주먹으로 박살 낸 나래의 의지니까. 곰의 일족 차기 수장이 된 나래는 그 이후로 내게 올라오는 서류들을 세희가 보기에 앞서 읽기 편하게 정리하는 역할을 하고 있다. 나중에는 세희처럼 직접 자기도 대책을 마련하고 직접 행동에 뛰어들고 싶어 하는 욕심이 있는 것 같지만……. 아직은 경험이 모자라서 세희에게 거절당한 것 같다.

……왜 가정형이냐면 내게 직접 말해 준 적은 없거든.

……행동력이 넘치는 나래라면 나 몰래 일을 하고 있을 가능성도 충분해.

"그래서 변명 거리는 생각해 놨어?"

나는 정직하게 말했다.

"잠시 딴생각했습니다."

"나, 드라마에서 나오는 거 한번 해 보고 싶었어."

그러면서 서류철을 다시 집어 든다.

"나래야. 드라마에서는 서류만 던지던데."

서류철의 두께는 웬만한 국어대백과사전 저리 가라 할 정도로 두껍다. 저걸 나래의 힘으로 던졌다가는 이번에는 안면부가 함몰돼서 생사 길은 여기 있으매 머뭇거리게 될 거야.

"알았으면 잘못을 하지 말든가."

"옙, 죄송합니다."

"그래서 변명은?"

한번 물면 놓치지 않는 독사같이 됐구나. 나래, 무서운 아이.

"어……. 요즘에는 사인을 하면서도 이게 무슨 내용인가 대충이라도 읽어 보려고 하거든."

"……거짓말 아냐?"

마음이 아프다.

"제가 거짓말하면 다 아시잖아요."

나래가 피식 웃고는 흉기를 다시 내려놓으며 말했다.

"네가 너무 자신감 없이 말해서 그랬지. 그랬구나. 수고했어, 성훈아."

나래의 칭찬에 입가에 미소가 감돈다. 나는 그 기분을 그대로 살려서 나래의 옆에 털썩 주저앉았다.

"아~. 진짜 힘들다."

"힘들긴 하겠지. 정리하는 나도 힘든데."

전 세계에서 오는 서류를 사항별로 정리하는 것도 힘든 일이긴 매한가지다. ……그런 의미에서 세희는 괴물이 맞다.

진짜 괴물은 따로 있지만.

"그래도 오늘 할 일은 다 끝났잖아. 밥 먹을 때까지는 좀 쉬고 있어."

나래의 따스한 음색에 몸이 축 늘어진다.

"응."

나는 자연스럽게 나래의 어깨에 머리를 기댔다. 그리고 그대로 밀쳐졌다.

"……쉬라며."

"혼자 쉬라고, 이 변태야. 어디서 분위기 타고 있어?"

칫.

"……뭐가 칫인데?"

"……들렸습니까?"

"모를 줄 알았어? 너, 요즘 너무 기고만장해진 것 같은데 한 번 제대로 혼나 볼래?"

나래는 서류철을 들었고 나는 두 손을 들었다.

"살려 주시죠. 힘들어 죽겠습니다. 저 진짜 열심히 하고 있어요."

"……알고 있어."

봐주기로 했나 보다. 나래의 상냥함에 감사하고 있을 때.

"어?"

갑작스러운 인력에 의해 내 몸이 그대로 나래 쪽으로 기울어졌다. 내 어깨를 잡아끈 게 나래라는 것과, 어느새 바닥에 눕혀진 내가 머리를 대고 누운 곳이 나래의 허벅지 위라는 사실을 깨닫는 데는 잠시 시간이 걸리고 말았다.

"나, 나래야?"

"시끄러. 닥쳐. 가만히 있어. 힘냈으니까 상을 주는 것뿐이니까. 이상한 생각도 하지 말고. 말도 하지 마. 만지는 것도 안 돼. 아니, 숨도 쉬지 마."

"……숨도 안 쉬면 죽습니다."

새로운 사형 방법인가. 그래도 꽤나 행복하게 죽을 것 같지만.

"말하지 말랬지?"

부끄러움이 가득한 나래의 목소리에 나는 입을 다물고 눈을 감고서, 볼에서 느껴지는 나래의 허벅지 감촉과 그 체온, 그리고 향기로운 체취를 만끽하기로 했다.

이곳이 천국이구나.

"뭐 하는 거야, 이 바람둥이야!!"

"쿠엑?!"

그런 내 옆구리에 묵직한 충격이 가해졌다. 눈을 뜨자 뾰루퉁해져서는 킹킹거리며 내 위에 올라타 있는 아야가 보였다. 야, 인마. 아빠를 죽일 셈이냐. 그거 잘못하면 내장 파열이라고.

"일 끝나면 찾아와서 우리 딸 심심하지는 않았어~♡ 하고 머리를 쓰다듬어 주지는 못할망정, 다른 여자하고 바람이나 피우고 있어?! 이 못난 아빠! 바람둥이! 나도 확 집 나간다?!"

……그거 딸이 할 말이 아니라 아내가 할 법한 이야기인데

말이다. 나는 그런 생각을 하며 고개를 돌려 나래를 보았다.

커다란 가슴 때문에 얼굴이 잘 보이지 않았지만, 나래는 내가 왜 자신을 보았는지 알아주었다.

"말해도 돼."

다행이군.

"아야야."

"키이잉?! 이제는 말도 허락받고 해?!"

아, 화를 돋운 꼴이 되었다. 그래도 어쩔 수 없지. 순서가 다르니까.

"이리 와. 기다리느라 고생 많았어."

그러고서 나는 몸을 돌려 누웠다. 나래의 허벅지 베개를 포기할 수는 없다고. 이런 기회가 자주 있는 것도 아니고. 언뜻 보인 나래의 표정이 한심하다는 감정을 표현하고 있지만 나는 이미 어른이 되었다. 실리는 챙길 수 있을 때 챙겨야 하는 거야. 어찌되었건 몸을 돌리자 아야는 자연스럽게 미끄러져서 배 위에 앉게 되었고 나는 그 상태로 두 팔을 아야에게 벌렸다.

"우리 딸, 포옹~."

"키이잉~. 그런다고 내가……."

"우리 딸, 아빠하고 포옹~♡"

나래가 이마를 짚으면서 한숨을 쉬었지만 괜찮다. 이건 딸과 아버지의 스킨십이니까.

"키, 키잉……. 바보 아빠……♡"

아야가 그대로 몸을 숙여 내게 다가온다. 성격 탓인지 확 안겨 오지는 않았지만 아야는 원래 그러니 아쉬운 느낌은 전혀 없다. 나는 두 팔로 아야의 등 뒤를 안아 그대로 끌어당겼다.

“심심했어?”

아야는 내 품에서 벗어나려는 행동은 하지 않고서 목소리만 조금 높이며 말했다.

“키이잉? 누, 누가 심심해, 이 일 중독자야. 나도 놀 거 많았단 말이야.”

“진짜?”

손을 아래로 내려 비단 같은 꼬리털을 결 따라 쓰다듬어 주자 꼬리가 좌우로 격렬하게 흔들린다.

“……아빠하고 노는 게 가장 좋지만.”

아이고, 요 귀여운 녀석 보소. 이 맛에 딸을 키우나 보다. 나는 아야의 볼에 쪽쪽 하고 뽀뽀해 줬다.

“키힝?! 뭐, 뭐야? 그, 그만해~!”

싫다고 말은 하지만 몸은 정직한 법. 얼굴을 붉히고 꼬리를 흔들며 귀를 쫑긋거리는 걸 보니 상당히 마음에 드나 보다. 그러면 계속 해야지.

“그만해, 멍청아.”

그리고 저는 지금까지 나래의 허벅지 베개 위에서 이런 짓을 하고 있었습니다.

아프다.

“남의 위에서 뭐 하는 거야? 염장질?”

질투심 때문인지, 화가 난 나래의 목소리에 나는 아픈 머리를 감싸 안는 것도 뒤로 미루고 아야가 소외감을 느끼지 않게 계속 쓰다듬어 주며 말했다.

"부녀간의 애정 표현이었는데."

"그, 그래! 아빠하고 이런 거 하는 게 뭐가 이상해? 그러니까 질투하지 마, 이 가슴만 큰 젖……."

번쩍. 작열하는 태양빛이 부럽지 않은 나래의 안광이 방을 가득 채웠다. 농담이 아니고 비유도 아니다. 정말로 그랬다.

"뭐라고 했니, 아야야."

눈은 웃고 있지만 입가가 미소 짓지 않은 나래를 확인한 나는 아야를 안은 채로 허리 힘만으로 그대로 일어났다.

"키, 키이잉……."

겁에 질린 아야가 안겨들지만……. 미안하다, 아야야. 지금의 나래에게는 갑자기 커진 가슴 크기에 대해 언급하는 것은 금기라서 나도 어떻게 도와줄 수가 없구나. 나는 아야를 품에서 안아 들고서 나래에게 건네주었다. 나래는 아무 말도 없이 아야를 받아 안고서 내게 말했다.

"성훈아. 난 아야하고 할 이야기가 있으니까 잠깐 나가 봐."

"아, 아빠? 아빠, 나, 나 안 버릴 거지?"

잔뜩 떨리는 아야의 목소리에 나는 눈물을 훔쳐야 했다. 미안하다, 아야야. 내가 살고 봐야……가 아니라, 이게 다 너를 위한 거란다.

"잠깐 화장실 좀 갔다 올게. 나래 말 잘 듣고 있어."

이 얼마나 완벽한 변명이란 말인가.

"키이이잉~~! 바보 아빠! 나중에 두고 봐아아아!!"

아야의 원한 서린 비통한 비명을 들으며 나는 안방에서 도망쳤다.

"나중이 올 것 같니?"

"키이익?!"

……나래야. 네가 화났을 때 그런 말을 하면 농담으로 안 들려.

할아버지 댁은 예전과 많이 변한 감이 없지 않았다. 내가 서울에 있었던 동안 무슨 일이 있었는지 집이 조금 더 커졌거든. 원래도 꽤나 으리으리한 집이었지만 별채도 몇 개가 더 생긴 것 같은데……. 사실 그다지 신경 쓰지 않는다. 지금 내 상황에서는 집이 커서 나쁠 건 없으니까. 사실 서울에 있던 우리 집은 아이들과 같이 지내기에는 너무 작았던 감도 있었고.

"흐아아암~."

바둑이가 놀기에 마당도 작았으니까.

나는 늘어지게 하품을 하고서 뒷다리로 볼을 긁는 바둑이(암캐)에게 말을 걸었다.

"잘 잤어?"

"음냐……. 아직 졸려요."

바둑이는 시골집에 내려왔을 때는 작은 강아지 모습이었지만 며칠 동안 내내 잠만 자고 나서는 다시 원래의 크기로 돌아왔다. 품 안에 쏙 들어가던 그 모습이 조금은 그립기도 하지만 지금처럼 큰 모습도 싫지만은 않다. 바둑이의 등에 올라타서 저 부드러운 털에 몸을 맡기면 정말 기분이 좋으니까.

……날이 가는 줄도 모른다는 게 문제지만.

"조금 있으면 밥 먹어야 돼."

"하웅? 벌써 그렇게 됐어요?"

고개를 돌려 산 너머로 저물어 가는 해를 바라본다. 가을은 가을인지 해가 지는 시간이 꽤나 일러졌다. 겨울이 오면 이 시간에는 이미 어두워져 있겠지.

"그러면 깨 있을래요."

바둑이는 네 발로 엎드려서 쭈~욱 기지개를 켜더니, 퐁! 하고 인간의 모습으로 변했다. 왜 변했는지 나는 그 이유를 알고 있다.

"헤헤헤, 주인님~. 저 쓰담쓰담해 주세요."

내게 거절할 수 없는 제안을 하기 위해서다. 넓적한 귀를 눕히고서 풍성한 꼬리를 흔들며 머리를 쓰다듬어 달라고 조르는 바둑이를 어떻게 외면할 수 있겠는가. 물론 이대로 아무 생각 없이 쓰다듬어 주었다가는 다음 날 아침이 될 수도 있기에 나는 폰을 꺼냈다. 인간은 발전하는 생물. 나는 알람을 맞췄다.

"10분 만이다?"

"알겠어요!"

바둑이는 아쉬워하는 기색 없이 내게 안겨 왔다. 나는 마루에 걸터앉아서 내 가랑이 사이에 얼굴을 묻은 바둑이의 머리를 쓰다듬어 주었다.

쓰다듬어 주었다.

쓰다듬어 주었다.

쓰다듬어 주었다.

“주인님, 시끄러운 소리가 들려요.”

……핫! 정신을 차리고 보니 이미 시간이 지난 후였다. 나는 알람을 껐고 바둑이의 말랑말랑한 볼을 툭툭 두드려 주었다.

“벌써 10분 지났네.”

“다음에도 또 쓰다듬어 주실 거죠?”

내 허벅지에 두 손을 올리고서 고개를 들어 순진한 눈망울을 반짝이며 물어보는 바둑이에게 나는 고개를 끄덕이며 대답했다.

“당연하지.”

“헤헤헤, 그러면 내일까지 기다릴게요.”

“그래, 착하지.”

나는 무심결에 바둑이를 쓰다듬어 주려는 오른손을 왼손으로 막았다. 아직 갈 곳이 남아 있으니까.

[늦어.]

“미안.”

안채에서 떨어진 별채. 이곳이 페이의 개인실이다. 한옥이라고는 생각되지 않는, 가장 이질적인 곳이지. 내 집무실 따

위는 새 발의 피다, 정말. 미닫이문을 열면 가장 먼저 보이는 게 ㄱ자형 컴퓨터 책상이다. 그 위에는 키보드 네 개가 널려 있고, 페이의 주장으로는 자신이 작업을 하는 데 가장 편하고 효율적인 위치에 놓은 거라고 하지만 이쪽에 문외한인 내게는 널려 있는 거로 보인다. 벽에는 TV보다 커다란 모니터가 빼곡하게 걸려 있다. 그 모니터들이 각각 다른 화면을 띄우고 있어서 나 같은 사람이 보면 정신이 어지러울 정도다. 그 반대편에는 어딜 봐도 치이와 나를 모델로 삼은 듯한 인형들이 놓인 장식장이 있다. 그 옆에는 게임머즈라는, 게이머에게 많은 도움이 되는 잡지가 빼곡히 채워져 있는 책장이, 그 옆에는 각양각색의 게임기가 종류별로 층이 나뉘어져 수납되어 있다. 그 안에서 페이는 내 회장님 의자와 자웅을 다퉈도 좋을 정도의 고급 의자에 앉아서 에너지 드링크를 빨대로 마시고 있었다.

……언제 봐도 정말 오타쿠, 혹은, 폐인처럼 보인다. 실상은 조금 다르지만.

[오늘도 열심히 일함. 성훈 에너지 보충 필요.]

페이가 에너지 드링크를 내려놓고 나를 향해 두 팔을 벌리며 입술을 쭈욱 내민다. 그 모습이 마치 먹이를 달라고 보채는 아기 새 같다. 어쩔 수 없네. 나는 피식 웃고는 페이의 입술에 손가락을 튕겨 주었다.

[아얏.]

다른 애들이라면 해 줬을 수도 있지만 페이만은 안 된다. 전에 진짜로 해 줬다가……

혀가! 혀가아아아아! 막 입 안으로 들어와서어어어어!!

사람의 혀가 그렇게 움직일 수 있다는 걸 처음 알았지.

거기다 그걸 나래 앞에서 자랑하는 바람에 내 혀가 잘려 나갈 뻔했거든. 허허허허.

[으-! 계약 위반. 노동청에 신고함.]

페이가 볼을 부풀리고서 양 갈래 머리카락을 빙빙 돌린다. 성격도 급하긴.

"그러지 마라."

[그럼 일당 주기.]

그래서 나는 일당을 주기로 했다. 먼저 페이의 등에 팔을 두르고 허벅지 아래로 다른 쪽 팔을 넣어서 그대로 들어 올린다. 그야말로 이야기 속의 공주님 안기다.

[모자람.]

하지만 페이가 이 정도로 만족할 리가 없다. 나는 아직도 뾰루퉁한 페이의 볼에 뽀뽀해 줬다. 부드러운 볼의 감촉이 좋다.

"네 차례."

페이가 입술에 뽀뽀할 기세라 고개를 돌린다. 조금 불만인 것 같지만 별말 없이 내 볼에 뽀뽀해 준다. 나도 그 답례로 다시 쪽.

쪽~♡

쪽~♡

쪽~♡

쪽~♡

쪼옥~♡

몇 분간 그런 뽀뽀가 계속됐다.

경찰에 신고해도 소용없다. 나는 인간의 공권력으로는 잡혀가지 않는 몸이 되었으니까! 하하하하핫!

……아니, 이게 아니지.

나는 당당하다! 이런 애정 표현을 하는 데는 다 이유가 있다고!

이 마니악한 방에서 페이가 하는 일은 요괴넷의 유지 및 관리와 언론 플레이다. 한 달 전, 냥이가 지명 수배자가 된 후, 얼마 지나지 않아 요괴넷의 서버가 터져 버렸다. 든 사람은 몰라도 난 사람은 안다는 말이 있듯이, 요괴넷을 통해 자신들의 스트레스를 풀기도 하고 정보를 공유하기도 하던 요괴넷티즌들은 패닉에 빠졌다. 요괴들이 대 놓고 활동할 수 있는 유일한 웹 사이트가 하루아침에 사라진 셈이니까. 덕분에 세희는 냥이가 관리하던 서버를 뜯어 와서는 이곳에 설치하고 그 관리를 페이에게 맡겨 버렸다. 그러면서 덤으로 요괴넷에 내가 랑이에게 폭 빠져서 헤롱헤롱하며 부탁하는 건 모두 들어주는 공처가가 되었다는 이야기를 주기적으로 올리고 있지.

……나는 IT 쪽에 대한 걸 모르지만 그게 꽤나 힘들이었던 것 같다. 페이는 하루 종일 이 방에 처박혀서 컴퓨터 앞에만 있어야 했고, 가끔씩 나를 만날 때는,

[타인은 모두 쓰레기. 다 죽었으면 좋겠음. 어둠, 어둠이야. 힘이 있든, 없든, 어리든, 늙었든 모든 요괴들은 다 죽어야 함. 사형, 사형. 다 나쁜 놈들. 하하하하. 다 죽어라. 빌어먹을 세상이 멸망했으면 좋겠음. 괜찮아. 성훈은 아님. 성훈하고 나만 있는 유토피아 건설. 망할 놈의 요괴들은 다 죽여 버려야겠음. 죽어죽어죽어죽어죽어죽어죽어죽어죽어죽어죽어죽어, 모두 다 죽어버려어어어어!!]

같은 글을 쓰곤 했거든. 그래서 나는 페이의 정신적인 안정을 되찾아 주기 위해서 조금 전에 했던 것 같은 애정 표현을 해 주기로 결정한 거였다! 역시 마음의 상처를 달래 주는 건 사람의 온기가 최고니까!

……음. 그런 사고방식 자체가 뭔가 문제일 수도 있다는 생각이 들었지만 과거는 과거일 뿐. 다 잊자. 이건 나래도 인정해 줬던 일이니까.

"오늘은 어땠어?"

괜한 질문이었나. 방금까지만 해도 행복해하던 페이의 얼굴에 그늘이 꼈다. 나는 다시 페이의 볼에 쪼오오옥 쪼오오오옥 뽀뽀를 해 줬다. 다시 기운을 차려서 다행이다.

[힘듦. 무지하게 힘듦. 애들 수준이 너무 나쁨. 글 관리하기 힘듦. 전 관리자는 대단했어.]

전 관리자, 냥이에 대한 이야기다. 나는 페이의 표정에 다시 그림자가 드러나지 않도록 둥기둥기해 주며 말했다.

"진짜 힘들었겠네. 그런데도 이런 일을 해 줘서 정말 고마워."

[진짜면 날 어른으로 만들어 줘. 필살 속옷도 준비해 둠.]

페이가 연기로 만든 속옷의 디자인을 보니 아무리 지금 힘든 일을 하고 있다고 해도 혼을 내야 하지 않을까, 그런 생각이 든다. 왜 속옷이라면서도 속옷이 가진 가장 중요한 기능을 상실한 디자인이냐. 왜 구멍이 숭숭 뚫려 있냐고.

"날 죽일 셈이냐."

[그 전에 내가 죽겠음.]

음……. 나도 페이의 부담이 상당히 크다는 것은 알고 있고 세희에게 어떻게 할 방법이 없냐고 계속 물어보고 있다. 하지만 아직 요괴넷을 믿고 맡길 만한 요괴가 없다는 대답만 듣고 있지.

"나 때문에 미안하다."

그래서 나는 진심을 다해 페이에게 조금 더 고생해 달라는 말을 돌려서 했다.

[……]

페이는 연기로 글을 쓰고서는 씨익 웃고는 손을 들어 내 머리를 잡아 자신 쪽으로 이끌었다.

"사랑하는 사이에 그런 말 하는 거 아니야."

조금은 허스키한 페이의 목소리에 나는 볼과는 다른 장소에 입을 맞춰 줄 수밖에 없었다.

……이마라고, 이마.

"……."

"……."

페이를 잔뜩 달래 주고 안채로 돌아오는 길에. 나는 마치 절을 지키는 인왕상같이 서 있는 랑이와 마주하게 되었다. 뭐냐. 넌 왜 그렇게 화가 나 있냐.

"왜."

"지금 왜라고 하였느냐."

랑이의 꼬리가 삐쭉하고 섰다.

"그럼 나도 묻겠느니라. 성훈이는 왜 나를 가장 먼저 찾아오지 않았느냐."

……그것 때문에 볼이 퉁퉁 부어서 노려보고 있는 거냐. 꼬리털도 삐쭉삐쭉 서 있고 말이야.

"왜긴 왜냐."

내가 일할 때 놀러 와 진을 치고 뒹굴어서, 심술이 나 안 갔다, 라고 말하려다가 생각이 바뀌었다. 꼬리에 불붙은 랑이에게 부채질을 하는 셈이 되는 데다가 반쪽짜리 정답이니까.

"내가 네 방에 들어가서 논 것 때문이느냐?"

그런데 랑이가 그 말을 한 순간.

"어떻게 알았냐?"

랑이가 나를 알아주었다는, 이해해 주었다는 사실에 놀라서 나도 모르게 그대로 대답하고 말았다.

"으헤헤. 그거야 당연하지 않느냐? 나도 이제 성훈이에 대해서 모르는 것이…….”

콧대를 높이고서 잘난 척하던 랑이가 이내 고개를 휙휙 젓고서는 허벅지 사이에 불끈 쥔 두 주먹을 가져다 대며 말했다.

“그게 아니지 않느냐?!”

내가 뭘 했다고.

“용납할 수 없느니라! 너의 정실은 나이지 않느냐?! 내가 이 집안의 가장 어른이란 말이니라!”

응. 그렇지. 네가 나이가 가장 많으니까.

“그런데, 그런데!”

랑이가 두 손을 가슴께로 끌어 올리고서 몸을 살짝 떨더니 제자리에서 발을 동동 구른다.

“이제나 저제나 하고 기다렸는데 왜 찾아오지 않은 것이느냐?! 히이잉~! 두근두근하며 기다린 내게 너무하단 생각은 안 드느냐?!”

아, 울 것 같다. 여기서 이 녀석을 울렸다가는 세희가 내일 내가 할 일을 두 배로 늘려 주거나, 나래의 문답무용 펀치를 맞거나, 치이의 싸늘한 시선을 받을 수가 있으니까…….

핑계도 가지가지다.

나는 내가 사랑하는 사람의 우는 모습을 보기 싫어서 또 다른 사실을 말했다.

“너도 아직 멀었네.”

내가 머리에 손을 올리자 랑이가 팔을 올렸다가 그대로 멈춘 상태로 으~ 하고 고민하기 시작했다. 내 손을 어떻게 할까

고민하는 게 참 귀여워서 나는 나머지 손으로 랑이의 볼을 쓰다듬어 주었다.

"이런 거로 넘길 셈이느냐? 이런 건 하나도 안 통하느니라!"

그래서 계속 쓰다듬어 주었다.

"흐에에~. 안 통한다고~ 하지 않았~느냐아앙~."

완벽하게 통해 버렸다. 자기는 모르겠지만 스스로 내 손바닥에 볼을 비비고 있다고. 그래서 나는 이번에는 그냥 넘어가기로 했다. 나도 부끄럼이 많은 사람이니까.

"그럼 들어갈까?"

"응!"

그렇게…….

"잠깐! 이게 아니다! 또 어물쩍 넘길 뻔했느니라! 이잇, 네 손은 왜 그리 기분이 좋은 것이느냐?! 화난 것도 다 잊어버릴 뻔하지 않았느냐!"

넘어가 주지를 않는군. 예전 같았으면, 응? 뭔가 잊은 것 같은데……, 하고 두루뭉술하게 넘어갔을 텐데. 랑이도 나름 성장을 하긴 한 것 같다. 그러면 나도 부끄러운 걸 참으며 성장한 모습을 보여 줘야겠지.

"랑이야."

"흥이니라."

귀엽게 콧김을 내쉬며 고개까지 휙 돌리는 랑이의 볼에 입을 맞췄다.

"뽀 해 줘도 안 되느니라."

그럴 생각으로 한 게 아니다. 그냥 네가 너무 사랑스러워서 하고 싶었던 거야.

"내가 왜 너를 가장 늦게 찾아왔냐면."

지금 내 볼이 붉은 건 석양 때문일 거다.

"다른 아이들하고 먼저 놀아 주면 그다음부터는 랑이하고만 둘이서 계속 있을 수 있으니까 그런 거였어."

내 부끄러운 진심에 랑이가 빛보다 빠르게 고개를 돌렸다. 그 힘이 얼마나 강한지 내 손이 밀쳐질 정도다.

"지, 진짜이느냐?!"

랑이의 황금빛 눈동자가 붉은 석양에 진주 가루를 뿌려 놓은 것처럼 빛난다. 나는 고개를 끄덕이고, 그 아름다운 눈동자를 마주 보며 다시 한번 내 진심을 전했다.

"응."

랑이에게 해맑음 꽃이 피었다.

"그러면 그렇다고 빨리 말하지 그랬느냐! 헤헤헷, 나는 성훈이가 나를 많이많이 사랑해 준다는 것을 알고 있었느니라!"

그래. 네가 얼마나 화가 나든, 내게 실망하든, 데굴데굴하든, 진상을 부리든……. 네가 내 옆에만 있어 준다면, 네가 말해 주지 않는다 해도 나는 그 사실을 언제나, 언제까지나 알 수 있다.

"나도 알고 있어. 랑이가 정말 많이많이 나를 사랑하고 있다는 거."

나는 다른 아이들의 눈이 없는 틈을 타, 랑이의 입술을 훔쳤다.

……세희는 모른 척 넘어가 주겠지.

두 번째 이야기

"안주인님과의 키스는 즐거우셨습니까."

바랄 걸 바라야 했나. 나는 나래의 눈빛이 1톤짜리 악력으로 사람의 아구창을 날리려고 하는 곰의 그것으로 변하는 것과 사람 하나는 쉽게 불태울 수 있을 아야의 여우불, 그리고 연기로 수갑과 밧줄을 만드는 폐이의 모습을 보고는 재빨리 변명을 말하기로 했다.

"최고였느니라! 냠냠, 할짝할짝해서 정말로 기분 좋았느니라!"

호랑이까지 날 물어 죽이려고 하는군.

"오해다! 뽀뽀라고, 뽀뽀! 쪽 한 거였지 너희들이 생각하는 그런 건 한 적 없다!"

……이런 걸 변명이라고 하는 나를, 과거의 내가 보았다면 뭐라고 했을까. 엄청나게 한심하게 바라보면서 결국 하긴 했

다는 거잖아, 그냥 죽어라, 같은 소리나 하겠지. 하지만 지금은 다르다. 내가 요괴들의 왕이 된 이후. 랑이에게 하는 애정 표현은 반드시 필요한 것이 되어 버렸다.

나와 랑이가 같이하는 시간이 현실적으로 줄어들었으니까. 또한 요괴들에게 있어서 내가 랑이에게 푹 빠져 버린 바보라는 것을 증명할 수 있으니까.

"그래서 조금 아쉽습니다. 좋은 사진이 나오긴 했습니다만, 여기서 혀가 얽혀 있거나 손이 가슴이나 엉덩이에 가 있는 모습이었다면 더욱 좋았을 텐데 말이죠."

나는 세희가 꺼낸 사진을 낚아채며 소리쳤다.

"언제 찍었데?!"

"요괴 일보에 제보해야 하니까요."

언론 장악 무서워요!

"이런 것까지는 안 해도……."

"내놔."

말이 싹둑 잘리는 것과 동시에 나는 사진을 나래에게 상납했다. 나래는 사진을 뚫어지게 보고서는 고개를 돌렸다.

"응? 왜 그러느냐? 아! 나래도 성훈이하고 쪽쪽 하고 싶으냐?"

"……어른이면 뭐라고 말이라도 하지."

나래는 깊은 한숨을 쉬고 사진을 세희에게 돌려주었다.

"꽤나 어른스러워지셨군요."

"상황이 상황이니까."

"호오~."

"밥상 앞에서 싸우고 싶지는 않으니까 그 정도로 해."

"알겠습니다."

말은 그렇게 했어도 나래와 세희의 미묘한 신경전은 계속되었다. 이런 상태에서 밥을 먹었다가는 분명 체하고 말 거야. 그런 생각은 나뿐만이 아니었는지 치이가 머리카락을 파닥이며 나래와 세희를 번갈아 보더니, 이내 시선을 내게 향했다. 훗, 걱정 마라. 치이야. 이 오라버니가 그동안 익힌 위기 회피 능력의 진가를 여기서 보여 주마.

"와아~. 밥이 정말 맛~있겠다↘. 오늘 저녁은 누가 준비했을까나↗."

그런 게 있었다면 내가 나래에게 맞는 일이 없겠지.

"제, 제가↗ 한 거예요오~. 아우우우↗ 마, 맛있게 드셨으면~ 좋겠다는 거예요오↘"

그래도 부끄럽지 않은 것은 이런 어설픈 분위기 전환에 동참해 주는 착한 치이가 있었기 때문이다.

"……밥이나 먹어."

"……식사나 하시죠."

"""예."""

예전이라면 상상하지도 못했을 정도로 규모가 늘어난 식구들. 나와 나래, 랑이와 치이, 폐이와 세희, 아야와 바둑이. 그 수가 총 여덟 명이다. 거의 대가족 수준이지. 그러다 보니 이렇게 같이 밥을 먹을 때는 시끌벅적하다. 다만 랑이는 떠들썩

한 아이들, 특히 페이를 챙겨 주는 치이를 보면 누군가를 그리워하는 표정을 지을 때가 많다. 오늘처럼 말이지. 그럴 때마다 나는 랑이가 무슨 생각을 하는지 알고 있지만 직접 입에 담지는 않는다. 랑이가 아직 마음의 갈피를 잡지 못한 것 같으니까.

식사를 마치고 모두들 각자 자리를 잡고 멍~하니 포만감에 잠겨 조용해져 있을 때.

"오늘은 드릴 말씀이 있습니다."

세희가 이야기를 꺼냈다.

나는 치이가 후식으로 가져온 배 하나를 집어 들어서 무릎 위에 올라탄 아야에게 아~ 하고 먹여 주며 말했다.

"뭔데?"

그러는 사이에 랑이가 아야가 한 입 베어 먹고 남은 배를 뺏어 먹는다.

"키이잉? 저기 남은 거 있잖아, 이 욕심꾸러기야!"

"난 성훈이가 먹여 주는 배가 좋은 것이니라."

"키이이이잉~!"

먹여 준 게 아니라 네가 뺏어 먹은 거지.

자기 몫을 뺏겨서 퉁퉁 부어 버린 아야를 위해서 이번에는 사과를 집는데, 세희가 말했다.

"슬슬 저도 힘들어서 못해 먹겠습니다."

"그래, 그래. 나도 힘들어서 못해 먹겠…… 뭐?"

랑이와 아야가 이상한 거 가지고 싸우느라 잠시 정신이 팔린 사이 세희가 말도 안 되는 소리를 한 것 같다.

"힘들다고? 네가?"

나래가 커피를 마시며 어이없다는 듯이 말했다. 세희가 지금 힘들다고 말한 게 내가 잘못 들은 게 아닌 것 같다.

"저에게도 한계라는 것이 있는 법입니다."

치이가 벌어진 앙증맞은 입을 손으로 가린다. 꽤나 놀란 것 같다.

"그, 그랬던 건가요?"

[말도 안 됨. 능력치 FF, 165, 255를 가졌는데?]

페이가 쓴 글은 이해가 안 되니 넘어가자.

"예, 그렇습니다."

세희는 한숨을 쉬고.

"다른 이유도 있지만, 게임도 못 하고 애니도 못 보며 웹서핑도 금지된 채 하루 종일 일만 하는 이 생활에 스트레스를 받아 서울에 지도를 다시 그리게 될 만한 폭탄이라도 떨어뜨리고 싶을 정도로, 전 지쳤습니다."

……아, 그거였냐. 아니, 모르지. 일부러 다른 이유도 있다고 말한 이상, 이중 삼중으로 다른 꿍꿍이가 있을 수도 있다.

나는 다른 가능성을 생각하며 입을 열려다 뭔가 이상한 기분이 느껴져서 시선을 돌렸다. 거기에는 고개를 격하게 끄덕이고 있는 페이가 있었다.

[이해함. 게임 못 하는 거 엄청 스트레스. 놀고 싶음.]

페이는 순수하게 놀고 싶은 것 같다. 나도 이해 못 할 건 없지.

"그래서?"

하지만 하루 종일 책상 앞에 앉아 공부하는 데 익숙해져 있는 우리나라 교육 제도에 적응을 마친 나래는 상당히 심드렁하게 말했다.

"근무 여건의 개선이 없다면 파업할 겁니다."

파업 → 시위 → 한 달 전.

사고가 연쇄적으로 이어지며 그날이 떠오른다.

히이이이익! 싫어요. 그런 건 싫어. 거기다 시위의 주모자가 세희라면……. 상상조차 무섭다. 하지만 세희와 페이의 업무가 상당히 과중되어 있다는 것은 나도 알고 있는 사실이다. 특히 세희는 정말 상상 이상의 일을 해 주고 있지. 그 사실은 알고 있다.

"말은 그래도 저 멍청이가 덥석 요괴들의 왕이 되어 버린 이상, 세희, 넌 도와줄 수밖에 없잖아? 아니면, 무슨 방법이라도 있어?"

나래가 너무나 현실적인 이야기를 했다. 그리고 나는 저 말을 해야 하는 사람이 원래 나라는 사실을 알고 있다.

"그건 주인님께서 생각하실 일입니다. 책임자는 책임지라고 있는 겁니다. 저는 제 문제를 말했고, 취미 생활을 즐길 수 있는 시간을 달라는 요구 사항을 말했습니다. 그렇다면 당연히 그에 대한 대책 마련은 주인님께서 해 주셔야 하는 것 아닙니까?"

"저 바보한테 그런 걸 기대한다는 거야?"

나를 위해서 하는 말이라는 걸 알지만 좋아하는 여자애에게 저런 평가를 받으면 마음 아픈 것이 사실이다.

"바보라고는 하지만 이 안에 있는 모든 이들은 한 번씩은 주인님의 도움을 받아 자신의 문제를 해결받은 경험이 있는 자들입니다. 그런 주인님께 기대를 하는 것이 이상하다고 생각하십니까?"

나래는 입을 다물었다. 세희는 그게 마음에 들었는지 희미하게나마 입가에 미소를 지었다.

"그래서 어쩌실 겁니까, 주인님. **가족들의** 행복을 위한 대책을 마련해 주실 수 있으시겠습니까?"

기분 탓이겠지만, 아니, 기분 탓이 아니다. 지금은 세희가 나를 시험하는 게 맞다. 내가 요괴들의 왕이 된 이후, 나름대로 상황이 안정된 지금에서야 이런 이야기를 한다는 것에서 그런 낌새가 느껴진다. 만약 내가 제대로 된 대책을 마련하지 못한다고 해도, 세희는 한 번 쏘아준 다음에 평소와 같이 일을 하겠지.

하지만 그건 싫다.

응. 내가 그런 느낌이 드는 이유는 간단하다. 세희는 말했다.

자신의 문제 해결이 아닌, 가족들의 행복을 위한 일이라고.

세희가 지금 문제 삼고 있는 것은 자신이나 페이의 문제뿐만이 아니라는 말이다. 아마도 내 예상대로 세희는 다른 꿍꿍이를 가지고서 내게 말을 한 거겠지. 내가 아는 것을 세희라고 모를 리가 없다. 그렇게 생각한다면 지금 못 참겠다고 한 말도 다른 식으로 받아들일 수 있을 것이다.

더 이상 안주인님께서 쓸쓸해하시는 모습을 보고 넘길 수 없습니다. 그러니까 생각은 그만 하고 슬슬 실천에 나서시지요.

말하지 않았지만 세희의 목소리가 들리는 듯하다.

세희는 지금이 그 방법을 실천할 순간이라고 멍석을 깔아 준 거다. 그 위에서 춤을 추든, 혹은 망석을 다시 말든, 선택은 내가 하는 거지만.

그리고 세희는 아마 내가 그 위에서 덩실덩실 춤추는 걸 보고 싶겠지. 그렇다면 그 기대에 부응하자.

"어쩌긴, 뭘. 해내야지."

자신은 없지만 언젠가는 해야 할 일이다. 이런 나날들이 계속되는 건 나도 싫거든. ……공부도 안 하던 놈이 하루 종일 책상 앞에 앉아 있는 지금의 생활이 좋을 리가 없잖아? 애들하고 놀아 줄 시간도 거의 없고, 무엇보다…….

행복 가운데 그리움을 느끼는 랑이를 위해서.

"어떻게? 성훈이, 너. 세희가 하는 일 직접 할 수 있겠어?"

나는 고개를 가로저었다. 나래도 못 하는 일을 내가 할 수 있겠냐. 원래 일이라는 건 요소요소에 적합한 사람이 하는 게 좋은 거다. 나는 아이들과 놀아 주는 게 가장 적성에 맞고 그런 서류 정리 같은 건 내 능력 밖이다.

"그러면 어쩌게?"

그러니까, 그런 일을 가장 잘하는 녀석을 찾아 맡겨 버리면 된다. 왜, 있잖아. 가장 적절한 녀석이. 지금 세희와 페이가 하던 일들을 혼자서 완벽하게 해내면서 나를 곤란에 빠뜨리는 계획까지 짜서 실천에 나선 괴물 녀석이.

"냥이를 찾아서 일을 시키자."

그리고 나는 랑이가 움찔 몸을 떠는 것을 보았다.

지난 한 달 동안. 나는 랑이가 남몰래 냥이를 그리워한다는 사실을 알게 되었다. 페이를 돌봐 주는 치이를 보며 누군가를 그리워하는 모습을 보이면 싫어도 알게 된다고. 그러면 차라리 예전처럼 나한테 냥이와 같이 지내고 싶다고 말하면 될 텐데, 랑이는 냥이에 대한 이야기가 나오면 언제나 이렇게 어려워하며 한 발자국 뒤로 빼는 모습을 보였다. 만약 세희가 지금 같은 자리를 마련해 주지 않았다면 랑이가 자신의 마음을 정리할 때만 기다리고 있었겠지.

조금 전처럼.

변명하자면 나는 아직 때가 아니라고 생각했었습니다.

"……그런 수가 있었네."

"아, 아우우우? 그게 가능한 건가요?"

[성훈이 미남계 씀?]

치이와 페이는 불신의 빛을 숨길 생각조차 하지 않았다.

"그러면 나하고 같이 놀아 줄 시간이 많이 생겨?"

그리고 아야는 전혀 다른 곳에 중점을 두고 있다. 나는 애정 결핍 아기 여우의 귀 밑을 살살 긁어 주며 말했다.

"잘 풀리면."

잘 풀리게 하는 것도 일이겠지만. 나는 그 모든 일에 열쇠가 될 랑이를 보았다.

지리산에 가을비가 내리기 시작했다.

요괴의 왕이 되었다고는 하나 나는 고등학생이다. 학생의 본분은 공부라는 나래의 주장에 따라서 나는 자기 전, 한 시간 동안 교과서로 공부를 한다. 이 시간에는 나래의 엄명으로 누구도 내 방에 들어오는 게 금지되어 있지만 오늘만은 예외였다.

"성훈아. 나이니라. 들어가도 되겠느냐."

고양잇과는 고양잇과인지 평소와는 다르게 랑이가 문 앞에 설 때까지 인기척을 못 느꼈다. 추적추적 내리는 빗방울 소리 때문일지도 모르겠네. 나는 어딘가 평소와 다른 랑이의 목소리에 일단 책을 덮고 의자를 돌려 문 쪽을 바라보며 말했다.

"응."

문을 밀고 들어온 랑이는 와이셔츠 차림에 베개까지 들고 있었다. 나는 시계를 보았다. 오후 9시. 우리 집은 10시면 잠자리에 든다. 음……. 그러니까, 대충 그런 거군. 나는 피식 웃고는 의자에서 일어나 바닥에 앉았다.

"이리 와."

랑이가 방 안에 들어오고 나서야 나는 우리 사랑스러운 호랑이님의 표정이 어두운 것을 볼 수가 있었다. 짐작은 하지만 실제로 그러니 그리 마음이 편치는 않다. 나는 다리를 툭툭 두드렸다.

"응."

랑이가 문을 닫고 쪼르르 다가와서 다리 위에 앉는다. 이 녀석이 그 사이에 살이 쪘나, 평소보다 좀 무거운 데다가 몸이 차다. 그래도 좋지. 랑이가 포동포동해지면 그것도 꽤나 귀여울 것 같고 가을비에 몸이 식었다면 내가 덥혀 주면 되니까. 나는 랑이의 배에 팔을 둘렀다. 마시멜로우보다 말랑말랑한 랑이의 감촉을 느끼며 나는 말했다.

"왜 그렇게 얼굴이 어두워?"

"……티 났느냐?"

"응."

나는 고개를 숙여 랑이의 볼에 내 볼을 비볐다.

"그래서 귀여운 거 있지?"

"히잉~. 그런 말 하지 말거라. 가슴이 너무너무 두근거려서 머리가 하얘지지 않느냐."

그러면 안 되지. 분명 무슨 이야기를 하고 싶어서 온 걸 테니까. 자신의 언니에 대한 이야기라든가.

"나한테 할 말 있어?"

그래서 나는 랑이에게 장난을 치기로 했다. 쉽게 하기 힘든 말일 테니까.

“으, 으냐앙~. 하, 하지 말거라. 지금 말고 나, 나중에 해 주거라~.”

열기 어린 목소리로 애원하듯 말하는 랑이가 귀여워서 나는 살짝 물고 있던 귀를 놓아주었다. 랑이는 손을 들어 귀를 만지작만지작한 다음 몸을 돌려 두 다리로 내 허리를 끌어안았다. 그것만으로는 모자란지 내 목에 팔을 두른다. 남들이 보기에는 상당히 에로틱한 자세지만 나는 그렇게 느끼지 않는다. 세상 어디에 자기 딸 같은 아이가 이런 자세로 안겨 온다고 흥분하겠어?

“……츄, 해 주거라.”

……상황에 따라 다르다는 말을 덧붙여야겠군. 어딘가 그늘진 모습의 랑이가 진지하게 내게 입을 맞춰 달라고 조르자 심장이 두근 하고 뛰었다. 그래서 나는 그 기분을 그대로 랑이가 느끼도록 해 주었다.

“으응. 이게 아니니라.”

하지만 랑이는 아직 부족한 것 같다. 고개를 흔들며 안타깝다는 듯 애절한 눈동자로 나를 올려다보며 랑이가 말했다.

“쪽쪽 말고 쪼오옥, 쪼오옥 해 달라는 말이니라.”

……머릿속에서 경보를 울린다. 이건 좀 위험한데? 그래서 나는 랑이의 두 볼을 잡고 쭈우욱, 쭈우욱 해 줬다.

“으냐아~?”

자기가 왜 이런 일을 당하는지 이해 못 하는 것 같다.

"그런 건 어른이 되면 해 줄……."

말이 씨가 된다는 말이 있지. 나는 그것을 지금 몸으로 체험하고 있다. 실시간이다. 나는 어느새 몸이 커져 버려서 이제는 오히려 자세 때문에 나를 내려다보게 된 랑이를 올려다보며 말했다.

"……너, 몸 커졌다."

"……성훈이 때문이니라. 커지면 쪼오옥 해 준다고 해서 그런 것이니라."

나는 자기 할 말만을 하고 눈을 감은 채 내게 키스해 달라고 조르는 랑이에게 입을 맞추……려다가 한숨을 쉬고, 랑이의 볼에 뽀뽀를 해 줬다.

지금 랑이에게 쪼오옥 해 줬다가는 이야기를 할 정신이 남아나질 않을 테니까.

"으냐아?"

의아해하는 랑이에게 꿀밤을 먹여 주자.

"지금은 그럴 때가 아니잖아, 랑이야. 할 이야기가 있던 거 아니야?"

"우~. 성훈이는 분위기를 너무 못 읽느니라."

"것보다 원래 모습으로 돌아와. 난 지금은 네 어린 모습이 좋으니까."

진실이면서 거짓이다. 나는 랑이가 어른이 되면 정말로 좋다. 진짜 좋다고. 무지하게 좋다. 하지만 이 녀석이 어른 모습으로 있으면 내가 언제 이성을 잃을지 모른다. 제대로 이야기를 할 수 없게 될 수도 있어.

"으냐아……."

다행히 랑이는 다시 어린아이의 모습으로 돌아왔다. 그 표정에는 조금 전 같은 그늘은 조금도 보이지 않았다. 다행이네. 지금이라면 이야기해도 문제없겠지.

절대로 빨리 이야기를 마치고 랑이와 뽀뽀하고 싶어서가 아니다.

"냥이에 대한 이야기가 하고 싶어서 왔어?"

랑이가 두 팔로 만세를 불렀다.

"으냐앗?! 어떻게…… 흐에엥?"

두 팔로 목을 두르고 있다가 놓아 버려서 그대로 뒤로 넘어지려는 랑이의 등에 팔을 둘러 줬다.

"당연히 알지. 내가 누구냐."

"내 낭군님이시다!"

꼬리로 물결을 만드는 랑이의 머리를 쓰다듬어 주었다.

"그래서 어떤 게 걱정 돼?"

"으냐아……."

랑이는 잠시 턱에 손가락을 대고 곰곰이 생각에 잠기더니.

"냥이는 내 언니이니라."

모든 것을 포괄하면서 핵심적인 이야기를 꺼내 나를 놀라게 만들었다.

랑이가 머리가 좋은 건 알지만…… 이런 식으로 말할 줄은 상상도 못 했는데. 그동안 성장했나?

그에 대한 생각은 잠시 뒤로 미루고 난 랑이에게 대답했다.

"응. 알고 있어."

이 이야기는 전에도 둘이서 이야기를 나누었던 화제다. 나는 그때 냥이가 잘못을 인정하고 벌을 받으면 용서해 준다고 이야기했었지.

"그래서 나도 랑이가 슬퍼하지 않게 잘할 거야. 걱정 안 해도 돼."

내 말에도 랑이는 걱정이 가득한 눈동자로 나를 바라보았다.

"정말이느냐?"

날 못 믿어서가 아니다. 사항이 사항이니까 쉽게 넘길 수 없어서 그런 거다. 냥이는 지금 전 세계에서 요괴들의 존재를 멋대로 알리게 한 테러리스트로 지명 수배를 당하고 있다. 조금 멋있게 말하면 세계의 공적인 셈이다. 그런 냥이를, 아무리 내가 요괴의 왕이라고 해도 그리 쉽게 용서해 줄 수는 없다는 걸 안다. 요괴들 쪽은 큰 문제가 없겠지만 인간들 쪽의 반발이 심하겠지.

……물론 그 전에 냥이가 내 제안에 고개를 끄덕여 줄지부터 걱정해야 하겠지.

하지만. 그렇지만.

"……."

불안에 가득 차서, 그러면서도 기대를 버리지 못하고 나에게 기대는 이 어리고 사랑스러운 연인을 위해 그 정도도 하지 못한다면 뭐가 남자냐. 뭐가 요괴의 왕이냐.

"당연하지."

내 확신에 찬 말에 랑이는 한 치의 의심도 품지 않았다.

"휴우우~."

가슴에 손을 올리고 고개를 숙이며 깊은 안도의 한숨을 내쉰다. 그 모습이 귀여워서 머리를 쓰다듬어 주려 하는데.

"정말 다행이옵니다."

달라진 말투에 무엇인가가 이상하다는 것을 깨달았다.

"전하께서 그런 생각을 하고 계셔서 다행이옵니다."

그 말을 랑이가 한 순간. 세상에 금이 갔다. 마치 유리로 만든 세상이 깨어지는 것처럼, 랑이의 얼굴이, 내가 보는 모든 것이 산산조각으로 무너져 내렸다. 그리고 나는 의자에 앉아서 담배를 물고 있는 냥이를 볼 수 있었다.

"너?!"

깜짝 놀라서 일어나려고 했지만 그럴 수 없었다. 보이지 않는 무엇인가가 내 몸을 누르고 있다!

"오랜만이옵니다, 전하."

그 이유는 내게 있었다. 아무것도 없던 허공에서 모습을 드러낸 가희는 언제부터인지 모르겠지만 내 무릎 위에 앉아 있었다. 설마 지금까지 내가 랑이라고 생각했던 건 가희가 둔갑한 모습이었나? 그, 그러면 랑이의 몸이 조금 더 무겁고 차가웠던 게 이해가 되긴 하지만 어떻…….

요술이겠지.

하지만 지금 요술보다 중요한 것이 있다. 그것은…….

가슴이었다.

가희의 옷은 위 가슴이 거의 다 드러나는, 언제 그 큰 가슴이 옷의 감옥을 탈출해 세상에 나와 FREEDOM!!을 외칠지 모르는 디자인이다. 그런 가슴이 바로 내 코앞에 있다. 살짝만 어떻게 하면 뭔가가 보일 수도 있을 것 같아. 내가 이런 헛소리를 하게 만드는 것은 드러난 가슴에서 나는 듯한 향긋한 체취가!! 내 이성을 갉아먹기 때문이라고 변명해 본다!

"간이로 만든 결계라 네놈의 감각을 속이는 것은…… 듣고 있느냐?"

핫! 기분 나빠하는 냥이의 목소리에 겨우 정신이 들었다.

"괜찮사옵니다, 전하. 영웅은 색을 탐하는 법. 지금 저를 품으신다 하더라도 전하께서는 아무런 죄가 없으시옵니다."

"아니, 아니, 아니! 있거든요! 완벽하게 범죄거든요?!"

"우후훗. 전하께서는 간통죄가 폐지될지 논의되는 마당에도 정말로 순진하옵니다."

내 생존이 걸려 있거든!

"……네년은 이만 물러나 있거라."

냥이의 가라앉은 목소리에 가희는 어머, 하고 놀라하더니 입가를 손으로 가리고 내 몸 위에서 일어나 냥이의 뒤에 섰다.

"실례하였사옵니다, 주인님."

"정말, 너는……. 에잇, 됐다."

냥이는 담뱃대를 가희에게 넘기고서는 의자에서 일어났다. 나는 내 시신경에 문제가 없다는 것을 눈을 비비는 것으로 확인한 뒤 말했다.

"넌 어떻게 왔냐?"

"책에 들어가는 책갈피 같은 것이 요즘 많이 바쁜 것 같더구나."

……세희가 바빠서 몰래 들어올 수 있었다는 말인가. 그러면 지금 상황도 모를 수 있겠군. 나는 자기 자신에게 물어보았다.

지금 나는 위험한가?

아니다. 냥이는 나를 해칠 수 없다.

자문자답을 하고 나니 조금은 마음이 편해져서 나는 침착하게 이야기를 꺼낼 수 있었다.

"그래서, 왜 왔냐."

"왜 왔을 것 같으냐."

나는 열심히 잔머리를 굴렸다. 그렇지만 이거다 할 생각이 들지 않는다.

"멍청한 것. 시간이 지나도 성장하지 않는 것이 마치 냉장고에 넣어 둔 야채와 같구나."

그건 말라 비틀어져 버리지.

"이런 식으로 시간을 끌면 좋을 게 없는 건 너 아니냐? 언제 다른 애들이 들이닥칠지 모르고, 그러면 넌 바로 잡혀갈 텐데."

"흥. 여전히 잔머리만큼은 일품이구나. 알겠느니라. 그럼 할 말만 하고 나는 가 보겠느니라. 네놈도 알다시피, 나는 세상에 나와서는 안 되는 신세니 말이다."

나는 경계를 풀지 않고 이어지는 말을 기다렸다. 냥이가 말했다.

"나를 찾지 말거라."

그 말은 내가 세웠던 계획을 모두 다 알고 있어야만 할 수 있는 이야기라 놀라고 말았다. 내가 생각했던 계획을 말한 건 오늘 세희의 앞에서 한 것이 처음이다. 냥이가 그걸 엿들었을 수는 없었을 텐데, 어떻게? 나는 그걸 알아보기 위해 최대한 동요를 감추며 말했다.

"그, 그게 무슨 말이려나~?"

"……하."

"전하께서는 연기에는 소질이 없사옵나이다."

젠장.

"아, 몰라."

나는 자포자기한 심정으로 말했다.

"어떻게 알았냐."

"네놈의 생각이야 뻔하지 않느냐. 아무런 준비도 되어 있지 않은 상태에서 요괴들의 왕이 되었다. 5천 년 동안 쌓아 놓은 노하우와 시스템이 없는 네놈은, 아무리 세희가 있다 하여도 부하가 생길 터. 당연히 과중한 업무에 시달리겠지. 그런 네놈이 나를 이용해 먹을 생각을 하는 것은 당연하지 않느냐. 너희들이 지금 하고 있는 일은, 나 혼자 다 했었던 일이니. 그야말로 밥을 먹으면 설거지가 생기는 것과 같은 이치이니라."

역시 이 녀석은 머리가 좋다.

"또한 흰둥이가 나를 그리워하기 때문에서라도, 넌 그런 생각을 할 수밖에 없었겠지. 내 말이 틀리느냐?"

좋아도 너무 좋아.

"잘났다, 자식아."

"치, 칭찬해도 아무것도 떨어지지 않느니라."

누가 이 녀석에게 반어법 좀 가르쳐 줘라. 나는 볼을 붉히며 고개를 획 돌리는 냥이에게 말했다.

"그러면 내가 제시할 조건 역시 알고 있겠네?"

"흥. 네놈이 내게 내밀 조건이야 뻔하지. 내 귀엽고 토실토실하고 겨울밤에 꽉 끌어안고 잠들면 숙면을 보장하다 못해 아침에도 못 일어나게 되는 우리 사랑스럽기가 이 하늘 천지에 비교할 것이 흰둥이와 같이 지낼 수 없다는 것과……."

냥이가 한창 말을 도중에 이런 말을 해서 미안하지만, 이 녀석 진짜 중증의 시스콤일세!!

"나의 사회적 지위의 보장. 즉, 죄를 면해 주는 것. 그것이지 않느냐."

사실이기에 나는 고개를 끄덕였다. 세희와 폐이가 일에 이리저리 치일 때부터 나는 냥이에 대해서 염두를 해 놓았고 그에 따른 조건 역시 생각해 두었다. 그리고 나온 것 중에서 저 두 가지가 설득 가능성이 높았다. 냥이에게는 저 두 가지가 가장 중요하니까.

"그리고 지금 그런 이야기를 하는 건……."

"당연히 거절한다는 뜻이니라."

이 녀석이 내 제안을 한 번에 받아들일 거라는 생각은 한 적 없다. 하지만 이렇게 단칼에 잘라 버릴 것이라는 예상도 마찬가지다. 냥이는 시스콤이라는 이미지가 강해서 간과할 수 있는 게, 상상 이상으로 현실적인 녀석이다. 랑이의 행복을 위해서는 심지어 자기 자신마저 쳐 버릴 수 있는 맹목적인 사랑을 가지고 있으면서도 감성만으로 움직이지 않는다. 내가 랑이를 설득하자마자 바로 모습을 감춘 것을 예로 들 수 있겠지. 즉, 내 제안은 냥이가 한 번쯤은 이성적으로 고려해 볼 만한 가치가 있는 것이었단 말이다. 랑이의 행복과 자기 자신의 만족을 위해서. 그래서 물을 수밖에 없었다.

"왜? 이건 꽤나 좋은 조건 아니냐?"

냥이는 내 말에 혀를 차는 것으로 대답했다.

"쯧쯧쯧."

짜증 나네.

"네놈의 짧은 식견으로는 그렇게밖에 보이지 않겠지. 이미 다 예상했느니라."

나는 이런 노골적인 도발을 허허허 하고 웃어넘길 정도로 어른스럽지가 않다.

"그런 놈한테 당한 게 누구였더라?"

냥이의 표정은 변하지 않았지만 꼬리털만은 삐쭉 서 버렸다.

"이 몸이니라."

쿨하게 말하지만 분해하는 게 눈에 보인다, 야.

"하지만 그것은 네놈이 말도 안 되는 짓을 했기 때문이지, 내가 실수한 게 아니니라. 아니, 실수가 있구나. 전 세계의 모든 이들이 지켜보고 있는 가운데 팬티 바람이 될 수 있는 네놈의 변태성을……."

"그, 그건 넘어가자."

지금도 그때를 생각하면 비명을 지르며 벽에 머리를 박고 싶어지니까.

"젊은 날의 과오라는 것이냐."

"후회는 안 하지만 쪽팔린 건 쪽팔린 거니까."

그거 때문에 한동안 TV도 인터넷도 멀리했다.

"어쨌든, 난 이해를 못 하겠는데."

"이해할 것도 없느니라. 네놈의 맷돌 같은 머리로는 쉽게 이해할 수 없는 일이니."

머리가 나쁜 건 알고 있으니까 화는 안 난다. 다만 신경이 쓰일 뿐이지.

"네놈은 그저 나를 찾지 않으면 되는 것이니라. 나를 이용해 먹을 생각은 때려치우고……."

냥이는 한숨을 쉬고서 가희에게 손을 내밀었다. 가희는 담뱃대를 건네주고 솜씨 좋게 불까지 붙여 주었다. 냥이가 내뱉은 연기는 내게 닿기 전에 사라졌다.

"내 동생의 행복을 지켜 주는 것에나 신경 쓰거라."

냥이는 입을 다물었다가 갑자기 꼬리를 바짝 세우고 볼을 붉히며 말했다.

“그, 그렇다고 내가 네놈을 인정했다는 것은 아니니라!”

그런 생각은 하지도 않았는데 이 녀석은 뭐 때문인지 혼자서 중얼거리기까지 한다.

“정말, 그 멍청한 흰둥이 녀석. 어쩌자고 만난 지 한 달밖에 안 된, 이런 하수구에 걸려 있는 음식쓰레기 같은 것과 사랑에 빠졌는지……. 후우.”

나의 취급이 너무한 것에 대해서 자료를 정리하고 사람들 앞에서 발표하고 싶은 기분이 드는군. 하지만 그보다 앞서 할 일이 있다.

“네가 있어야 랑이의 행복이 완성되는데도?”

냥이가 움찔 몸을 떨었지만 이내 평정심을 유지하며 말했다.

“꿩 대신 닭이라는 말이 있느니라.”

나보고 알아서 하라는 거지.

“다시 말하면 협상의 여지가 없다는 거냐?”

“없다. 더 이상 너를 만날 일도 없을 것이니라. 이 몸은 수배자이니 말이니라. 이렇게 너를 찾아온 것 자체도 네놈의 입장을 생각하면 세상에 알려지면 좋을 게 없고, 이는 내 소중한 흰둥이에게 슬픈 일을 남기게 될 것이니.”

그 말과 함께 냥이가 부적을 주머니에서 꺼내 들었다. 나는 반사적으로 뒤로 물러났지만 냥이의 비웃음을 살 뿐이었다.

“이곳은 흰둥이의 영역. 내가 네놈을 해칠 마음을 가졌다면 그 둔한 녀석이라도 눈치를 못 챌 리가 없지 않느냐. 무엇을 두려워하느냐.”

워낙 당한 게 많아서, 라고 대꾸하려 했지만 냥이가 부적을 허공에 뿌리는 순간. 내가 이야기를 할 상대가 사라져 버렸다. 나는 텅 비어 버린 방에서 깊은 한숨을 내쉬고 냥이가 한 이야기에 대해서 생각을 정리하기로 했다.

나는 머리가 좋지 않다. 그러니 시간과 노력으로 그 차이를 메울 수밖에.

나는 책상에 앉아서 공책에 이것저것을 쓰며 잠시 고민에 빠졌다.

"10시이니라!"

그리고 정확히 30분 만에 또 다른 손님이 찾아왔다.

……그렇죠. 저에게 혼자만의 시간은 거의 존재하지를 않죠. 의자에 앉은 채로 몸을 돌리자, 문을 밀고 난입한 파자마 차림의 랑이가 보였다. 같이 자려고 온 거겠지. 같이 잘 생각에 기대감에 가득 찬 랑이의 모습을 보니까 마음이 편해진다.

"응?"

그런데 랑이가 킁킁하고 냄새를 맡더니 머리카락으로 물음표를 만들었다.

"이상하다? 성훈이 방에서 검둥이의 냄새가 나느니라."

개코냐. 사실을 숨길 생각도 없기에 나는 사실대로 말했다.

"어. 조금 전에 왔다 갔어."

"진짜이느냐?!"

화들짝 놀란 랑이가 허둥대며 다가와서 앙증맞은 두 손으로 내 몸을 마구잡이로 더듬거린다. 이 녀석이 왜 이래? 평소에는 냥이 이야기만 나오면 침울해지는 녀석이.

"괜찮느냐! 어디 다치지 않았고?"

아, 그렇군. 나에 대한 걱정 때문에 그런 건 뒤로 미루어졌나 보다. 냥이가 알았으면 피눈물을 흘렸겠군.

"아마?"

내가 모르는 사이에 무슨 짓을 했을지는 모르니까.

"그래도 혹시 모르니 검사해야 하겠느니라! 당장 옷을 다 벗거라!"

우리 랑이가 조금 영악해진 것 같은데? 걱정하는 마음은 진심이겠지만 자기 나름대로의 실리까지 챙기겠다는 속셈이 엿보인다. 나는 흥분해서 콧김을 흥흥 하고 내쉬며 내 옷자락을 잡고 낑낑대는 랑이에게 꿀밤을 먹였다.

"아얏! 왜 때리느냐?!"

"나쁜 거만 배워서 그런다."

랑이는 속셈이 들킨 것 때문인지 윽, 하고 살짝 당황했지만 이내 고개를 흔들고서는 말했다.

"하지만 걱정된단 말이니라. 검둥이는 성훈이를 싫어하지 않느냐."

싫어하지. 하지만 어찌 보면 그 녀석과 나는 동전의 앞면과 뒷면 같은 사이라고도 볼 수 있다. 둘 다 랑이가 행복했으면 좋겠다는 같은 목표를 가진 동전이라는 말이다. 지금 상황에서 내게 해를 끼칠 만한 짓을 할 리가 없지.

"그래서…… 아니, 아니니라."

어색하게 말을 끊었지만 난 그 뒤의 이야기를 알고 있기에 랑이의 머리를 쓰다듬어 주었다.

"별일 없으니까 걱정 안 해도 돼."

랑이가 손가락을 물고서 나를 올려다본다.

"하지만……."

"넌 네 언니를 좀 믿어라."

"……."

랑이의 입이 한 뼘은 나왔다.

"왜?"

"믿지만……. 검둥이를 잘 알지만……. 그래도 난 네가 걱정된단 말이니라."

음. 랑이의 복잡한 마음에서 나오는 투정이다. 그 마음을 알기에 나는 랑이의 머리를 쓰다듬어 주었다.

"알았어. 그렇게 걱정되면 차라리 세희에게 확인을……."

"부르셨습니까, 주인님."

내 그림자 속에서 스르륵 올라온 세희를 보고 랑이가 볼을 부풀렸다.

"들어가도 되느니라! 내가 알아봐도 된단 말이니라!"

세희는 랑이의 투정에 빙긋 미소를 짓고는 내게 말했다.

"즐거운 시간을 보내시기 바랍니다."

가만히 두면 진짜로 갈 기세다. 나는 그림자 속으로 다시 들어가는 세희의 팔을 급히 잡으며 말했다.

"야, 잠깐. 기다려."

"으냐앗?!"

넌 왜 그렇게 놀라냐.

"서, 설마, 성훈아! 세, 세희에게도 마음이 있던 것이느냐?!"

……뭐래?

"그렇군요. 하긴 2부도 시작하였으니 저 역시 공략 대상에 포함되니 말이죠."

…………뭐래.

"이상한 소리 하지 말고."

나는 둘의 헛소리를 단칼에 잘라 버린 후 말을 이었다.

"확인 차 묻겠는데, 나, 별문제 없지?"

"정신 병원에 들어가야 할 정도로 가치관에 문제가 있다는 것 말고는 지극히 건강하십니다."

야, 그렇게 말하면…….

"벼, 병원?! 히이익! 안 되겠다! 성훈아, 지금 당장 옷을 벗거라! 내가 온몸을 구석구석 핥아 주겠느니라! 아니, 나 혼자서는 늦겠구나! 바둑이, 바둑이도 불러야겠느니라!"

병원이라는 단어에 반응해서 이렇게 된다고. 나는 랑이와 바둑이가 알몸인 나를 작고 부드러운 혀를 이용해 이곳저곳 핥아 주는 장면을 잠깐 동안 상상해 보았다. 자연스럽게 연쇄적으로 나래에게 내 목이 잘리는 모습까지 떠오른다.

"날 죽일 셈이냐."

"주인님의 동정은 이미 죽었으니 상관없지 않습니까."

"안 죽었거든?!"

나는 세희의 말도 안 되는 소리를 단칼에 쳐 내고 내게 달라붙으려고 하는 랑이를 필사적으로 밀었다.

"농담하지 말고 제대로 말해!"

"……칫."

혀 차지 마!

"안주인님. 주인님의 용태는 걱정하실 것 없습니다. 마치 새끼 고양이처럼 똥고발랄하시니 말입니다."

"……그러하느냐?"

야, 너 아쉬워하는 게 눈에 보이거든?

"그렇습니다."

"다행이긴 한데 조금은 아쉽구나. 오랜만에 핥아 줄 수 있었는데……."

여러 가지로 솔직해진 건 좋긴 한데, 이 변화를 어떻게 받아들여야 할지 모르겠다. 이게 다 내가 한 달 동안 일에 치여서 랑이와 잘 놀아 주지 못해서 일어난 일이라 뭐라고 할 수도 없고.

"아쉬워할 게 뭐 있냐."

나는 랑이를 안아 주고서 머리를 쓰다듬어 주었다. 자연스럽게 랑이가 내 무릎 위에 앉아서 내게 볼을 기댄다. 좋구나. 천국이 있다면 바로 랑이가 있는 곳이겠지.

"그런데, 같이 자러 온 거야?"

"응. 그렇느니라. 벌써 10시니까 말이니라."

"나래한테 허락은 받았어?"

"나래도 옷 갈아입고 온다고 했느니라."

……그러냐. 그렇다는 말은 이제 슬슬 나래가 올 때가 됐다는 말이지. 잘됐다. 상의할 것도 있는데. 그 때 문 밖에서 인기척이 났다.

"들어갈게."

나래다. 문을 밀고 들어온 파자마 차림의 나래는 방 안의 상황을 보고는 한숨을 쉬었다. 그 한숨에 나는 멋쩍은 미소를 지을 수밖에 없었다.

"나도 오늘은 여기서 잘 거니까 가서 씻고 와. 잘 준비는 내가 할 테니까."

"어, 응. 고마워."

나는 랑이를 나래에게 안겨 주고 의자에서 일어났다.

"몸 구석구석을 씻는 것이 혹시 모를 거사를 위해서 좋을 것입니다, 주인님."

색광귀(色狂鬼)의 이야기에는 귀를 닫고 나는 방에서 나가며 나래에게 눈빛으로 하고 싶은 말을 했다. 나래는 살짝 고개를 갸우뚱하면서 의아해했지만 이내 알겠다고 말해 주었다. 그럼 나도 씻으러 가 보자.

랑이와 만난 이후로 나는 몸을 씻을 때는 여러모로 주의를 하는 편이다. 나만 제외하면 모두 여자애들이기 때문에 만에 하나라도 실수로 안에 누가 있을 때 들어가는 불상사를 방지

하기 위해서다. 그것과 마찬가지로 들어가고 나서도 문을 꼬옥 잠그는데…….

"키히힝~."

이놈의 집안에서 문이 잠겼다고 안 들어가는 사람은 나밖에 없다는 게 문제다. 나는 물을 틀려다 말고 이런 상황이 언제 일어나도 재빨리 대처할 수 있도록 옆에 놔둔 수건을 허리춤에 두르며 말했다.

"아빠 먼저 안에 있잖아."

시간상 목욕은 못 하고 샤워만 하고 빨리 나가려던 내게 아야의 난입은 샤워 시간이 길어지는 것을 의미한다. 나래에게 또 한 소리 듣겠네.

"그래서 들어온 거야, 이 둔감 아빠. 같이 씻으려고."

아야가 그렇다는데 내가 뭐 어쩌겠냐. 나는 내 앞에서 훌러덩훌러덩 몸에 걸친 모든 것을 벗어 버리고서 한 명이 쓰면 딱 좋은 샤워 룸에 들어와 내게 착 달라붙는 아야 때문에 한숨이 나왔다.

"에휴……."

"……키힝? 뭐, 뭐야, 이 나쁜 아빠야. 나, 나하고 같이 씻는 거 싫어? 나, 싫어진 거야?"

그 목소리에 은밀하게 담겨 있는 거절당할 수도 있다는 불안감에 나는 급히 변명했다.

"당연히 아니지. 그냥……. 아빠로서는 좋은데, 그, 뭐라고 해야 하나……. 인간이 가지고 있는 사회 통념이나 윤리상으로 이런 게 괜찮을까 하는 깊은 지적 갈등에서 나온 한숨이었어."

내가 말하고도 무슨 소리인지 모를 헛소리에 아야가 고개를 갸웃거리며 말했다.

"아빠는 신선이잖아?"

"반은 인간이다."

"반은 내 아빠야. 그러니까 신경 쓸 거 없어, 키히힝~."

그렇게 사람을 홀릴 듯한 웃음을 흘리며 한층 더 내게 달라붙는다. 커다란 가슴이 짓누르고 허벅지에 허벅지를 비빈다.

……비빈다고 하니까 조금 이상하게 들리네. 좀 더 사람의 온기를 느끼고 싶어서 그럴 뿐인데.

"그럼 물 튼다?"

아야가 고개를 끄덕였다. 샤워기에서 적당한 온도의 물줄기가 뿜어져 나온다. 나는 아야의 귀에 물이 들어가지 않도록 주의하면서 몸에 물을 묻혔다. 풀어 헤친 아야의 머리카락이 티끌 없이 하얀 피부에 밀착되는 게, 마치 내게 꽉 달라붙어서 떨어질 생각을 하지 않는 아야와 같다. 이래서야 제대로 씻을 수가 없지.

"빙글이다."

나는 아야의 허리를 잡고서 몸을 빙글 돌렸다. 여성적인 매력이 물씬 풍기는 풍만한 엉덩이가 허리 아래에 닿는다. 말랑말랑하네. 만져 보고 싶지만 그러면 안 되지. 나는 물을 잠그고 샤워룸에서 나와 욕실 의자에 앉았다. 아야도 군말 없이 내 옆에 앉아서 자기 손으로 몸을 씻는다. 다만.

"머리 감겨 줘."

"그래."

머리는 내가 감겨 주는 게 좋은가 보다. 하도 길어서 혼자 감는 게 힘드니까. 그렇게 머리까지 감고 거품까지 씻고 나서는 아야가 실력 발휘를 할 차례다.

"가만히 있어."

아야가 여우불을 일으켰다. 아야와 같이 씻으면 이게 좋다. 여우불로 물기를 말려 주거든. 지난 한 달 동안 자기 힘을 다스리는 데 나름대로 노력한 결과다. 처음에는 머리가 파마라도 한 것처럼 곱슬곱슬해진 적도 있지만 지금은 실수 같은 건 하지 않는다.

"느긋하게 같이 욕조에 몸도 담그고 싶은데, 도대체 언제 시간이 나는 거야, 이 바뻔아."

아야가 속옷 차림으로 내 배를 쿡쿡 찌르면서 애교 아닌 애교를 부린다.

"……글쎄다."

"흑호 님은 제대로 설득할 수 있겠어?"

나는 냥이가 찾아왔고 내 제안을 거절했다는 이야기를 아야에게 해야 할지 잠깐 고민해 보았다.

음.

해서는 안 되겠지. 나는 아야를 책임져야 할 입장이다. 피는 섞이지 않았지만, 못 미덥지만 나는 아버지의 입장이다. 이런

게 부정인지는 모르겠지만 아야에게 괜한 걱정을 하게 만들고 싶지는 않다. 나는 이 아이에게 든든한 버팀목으로 있어 주고 싶다.

"당연하지. 내가 누구 아빤데. 나만 믿고 있으면 돼."

"……거짓말."

아야의 차가운 목소리와 함께 갈비뼈 밑을 쭈욱 누르는 날카로운 손톱에 나는 화들짝 놀라고 말았다.

"거짓말쟁이 아빠. 지금 내가 누군지 잊은 거야?"

나를 그대로 욕실 벽에 밀어붙인다. 벽에 달라붙은 수증기에 등이 차가웠지만 내가 신경 쓸 건 그게 아니었다. 아야의 눈매가 너무나 예리하고 날카롭게 변했으니까.

"말해 봐, 아빠. 내가 누구야?"

"내, 내 딸이지."

"응. 난 아빠 딸이야. 그런데 아빠는 지금 딸한테 거짓말을 하는 거야?"

손톱이 파고든다. 아프다.

"아, 아야야?"

"……두 번은 싫어."

그 한 마디에 지금 아야가 왜 화가 났는지 나는 순간적으로 깨달을 수 있었다. 아야의 친아버지에 대해서 그 누구보다 잘 알고 있는 것이 나니까.

"미안. 미안해, 아야야."

나는 손톱이 더 파고들 수 있다는 사실을 제쳐 두고 아야를 꼬옥 끌어안았다. 다행히도 내 간이 파헤쳐지는 일은 없었다.

"걱정시키지 않으려고 거짓말한 거 미안해."

아야는 내 품에 가만히 안겨 있다가 내가 몇 번이나 사과를 하고 나서야 내 등 뒤로 팔을 둘렀다.

"……이, 바보."

휴. 화가 풀린 것 같다. 아야는 내 가슴을 두 손으로 밀고는 나를 똑바로 보며 말했다.

"그래서 어쩔 거야, 이 거짓말쟁이야. 설득할 자신도 없으면서."

음. 거짓말은 나쁘다는 것을 조금 전에 몸으로 깨달은 나이기에 이번에는 조금 다른 방식으로 아야를 안심시켜 주기로 했다.

"내가 설득할 자신은 없지만 어떻게든 할 생각은 있어."

"……그게 뭔데?"

나는 미소 지으며 엄지를 추켜올렸다.

"아빠, 믿지?"

아야는 어이가 없었는지 입을 살짝 벌린 채 굳어 버렸다. 그런 아야를 위해서 윙크까지 해 주자.

"……키이잉. 그렇게 말해 주기 싫은 거야?"

눈을 가늘게 뜨는 아야의 볼에 살짝 뽀뽀해 주자.

"아빠의 자존심이야. 이해해 줘."

"……바보 아빠. 알았어."

한숨 쉬듯 말한 아야는 이내 내 어깨에 볼을 기대며 말했다.

"보나마나 그 밥보를 이용할 게 뻔하니까."

어라?

"……어떻게 알았어?"

"키히힝~."

아야의 콧소리에 목이 간질간질하다.

"바보 아빠가 생각할 방법이야 뻔하잖아. 이래 봬도, 나. 아빠보다 머리 좋은걸."

그런가. 내가 머리 나빠 보이는 건 주위에 있는 아이들 때문인가!

"그런데 그 밥보, 은근히 흑호 님 신경 쓰고 있는 것 같으니까, 아빠가 살짝 등만 밀어 주면 잘 될 거야."

아야의 조언에 나는 고개를 끄덕였다.

"그리고 그동안 아빠도 좀 쉬고."

걱정이 가득한 아야의 목소리에 나는 의아해졌다.

"응?"

"아빠, 지금 꼴이 말이 아닌 거 알아?"

……아니, 뭐, 말은 안 했지만 대충 알고는 있다. 건강한 몸에 건강한 정신이라는 말이 있듯이 몸과 마음은 상당히 긴밀한 관계를 맺고 있다. 그런데 아무리 아이들에게 힐링을 받는다고 해도 정신이 호시탐탐 가출하려는 상황에 몸이 피곤하지 않을 리가 없다.

"그러니까 이번에는 그 밥보에게 다 맡기고, 아빠는 느긋하게 휴가 보낸다는 생각으로 다녀와. 알겠지?"

이런 게 발상의 전환이구나. 나는 단순히 냥이를 설득하러 간다고 생각했지만, 어차피 내가 직접 나설 수 있는 건 마지막의 마지막 정도일 거다. 그러면 그 때까지는 아야 말대로 나 혼자 추욱~ 늘어져서 휴가를 즐기는 방법도 있다. 내가 왜 이런 생각을 못 했지?

"응, 알았어. 고마워, 아야야."

나는 아야의 귀를 간질이듯 쓰다듬어 주었다.

"키히힝~. 빨리 해서 나하고 많이 놀아 줘야 돼? 이 느림보 아빠야."

"그래."

그리고 아야는 **목걸이를 찼다.**

"음냐~. 음냐~. 성훈아~. 사랑하느니라~."

"……."

"……왜요."

"아니야."

다른 아이들은 모두 잠든 늦은 밤. 나는 잠꼬대를 하는 랑이를 잠시 혼자 자게 놔두고 나래와 함께 마루로 나왔다. 가을인 데다가 비까지 내려서 그런지 날이 쌀쌀하지만 빗방울이 흙바닥에 튀기는 소리가 마음을 청명하게 밝혀 준다.

"으~."

추운 건 어쩔 수 없어서 나도 모르게 몸을 떨며 소리를 내게 됐지만.

"……."

"……추운 걸 어떻게 합니까."

그러니까 한심하다는 듯이 보지 말아 줘.

"에휴."

나래는 한숨을 쉬고는 가슴골에 손을 넣었다.

나는 잽싸게 고개를 돌렸다. 내 눈이 저 아리따운 가슴골 사이에 들어갔다 나오는 손을 보며, 그에 따라 위아래로 흔들리는 가슴을 보며 음흉한 마음을 품지 않을 거라는 자신이 없었으니까.

"자, 이거라도 걸쳐."

고개를 돌리니 나래가 푸른색 숄을 들고 있었다. 잘 보니까 이미 나래는 분홍 털실로 지은 숄을 두르고 있었다. 나는 숄을 받아 어깨에 두르면서 조금 한심한 기분이 들었다.

"……이런 건 원래 내가 준비해야 하는 거 아닐까."

"……알면 미리 해 두든가."

나래의 확인 사살에 침울해지네. 제가 이런 남자입니다.

"그래서 무슨 말이 하고 싶어서 부른 거야? 보나마나 냥이 때문이겠지만."

역시 나래. 내 속을 다 꿰뚫어 보는구나.

"물어볼 이유가 없을 거 같은데."

"확인은 해 놔야지. 아무리 우리 사이라고 해도 모르는 게 없는 건 아니니까."

여름 방학이 시작되기 전의 일이 떠올라서 헛웃음이 나온다.

"하하하하, 그렇죠. 그렇습니다. 역시 사람은 대화가 정말 중요합니다."

"……한심해."

"……죄송합니다."

나는 고개를 꾸벅 숙였다. 잠시 적막이 흘렀고 나는 고개를 들어 가을비 내리는 하늘을 바라보았다.

비, 그치면 좋겠는데.

"그래서?"

주어도 목적어도 없는 말이었지만 나는 나래가 무슨 말을 하고 싶은지 알 수 있었다.

"곰의 일족에게 부탁하고 싶은 게 있어."

내 말에 나래는 한숨을 쉬고서 내 옆구리를 꼬집었다.

"아야야얏! 왜 그래?!"

나래는 손을 떼고서 진지한 표정으로 내게 말했다.

"이제 곰의 일족의 주인은 너야, 강성훈. 네가 시키면 나는 따라야 하는 입장이라고, 멍청아. 자기 입장을 좀 생각하고 말해."

"……그러는 것 치고는 대우가 상당히 엉망인데."

"그러면 내가 너한테 절이라도 해 주길 바라는 거야?"

나래의 눈썹이 추켜 올라가는 것을 보고, 난 급히 손을 내둘렀다.

"그럴 리가 있겠습니까."

"혹시라도 해서 말해 두는데, 너. 곰의 일족의 주인이 됐다고 정미 누나나 다른 사람들한테 이상한 짓 하면 진짜로 죽여 버릴 거니까 그렇게 알아 둬."

"……그 말씀, 지금까지 몇 번이나 들었는지 모르겠습니다."

웅녀가 곰의 일족을 내게 맡긴 것과, 정미 누나가 있음에도 불구하고 나래에게 신내림을 한 것은 우리들의 관계를 알고 있기 때문이 아닐까.

"그래서 뭔데? 말해 봐. 정미 언니한테 전해 줄 테니까."

"음……. 그러니까……."

나는 나래에게 내가 생각했던 것을 말했다.

"언제라도 냥이의 수배를 풀어 줄 수 있는 물밑 작업을 해 줬으면 좋겠어."

나래는 머리가 좋고, 그 누구보다 나를 잘 알고 있다.

"냥이하고 만났어?"

어떠한 사고 흐름으로 그런 결론이 나왔는지 나 같은 놈은 알 수가 없다. 하지만 대답은 해 줄 수 있지.

"응."

"뭐래?"

"거절한데."

"그래도 혹시 모르니까 준비부터 해 두라는 거야?"

나는 고개를 끄덕였다.

"그리고 그거 말고도 한 가지 더 부탁할 게 있어."

내 이야기와 계획을 모두 들은 나래는 잠시 생각에 빠지더니 내게 말했다.

"성훈아. 지금까지 요괴들은 곰의 일족, 다시 말해 인간들에게 관리를 당했어. 그리고 네 계획은 지금까지의 관례를 뒤엎겠다는 말이야. 그거, 알고 있어?"

판을 엎어 버릴 각오 같은 건 이미 돼 있는 지 오래다.

"응."

나래가 나를 바라본다. 나는 아무 말도 하지 않고 나래가 생각을 정리할 때까지 기다렸다. 잠시 후.

"고집쟁이. 예전하고 변하지를 않았어요."

나래가 한숨을 쉬었다.

"뒷일 생각 안 하면 꽤 괜찮은 방법 같기는 한데, 그 전에. 냥이를 설득할 자신은 있나 봐?"

다 알면서 떠본다.

"있을 리가 없지요?"

"아, 역시 그러시군요?"

나래의 손이 은밀하게 내 허벅지 위에 닿는다. 여기서 끝이라면 참 여러 가지 몹쓸 상상을 하면서 피의 흐름을 조정하기 위해서 온 힘을 다했겠지만, 조금씩 조금씩 한 마리의 뱀처럼 위로 스스슥 움직인다. 이건 어딜 봐도 옆구리에 손이 닿을 때까지 제대로 된 대답을 하지 않을 경우 온 힘을 다해 살점을 뜯어 널 죽여 버릴 거라는 경고로 보인다.

"아니, 내가 설득할 자신이 없다는 거지."

내 마흔여덟 번의 심장 고동이 멈추기 전에 나래의 손이 멈췄다.

“결국은 또 랑이야?”

“……뭐, 어쩌겠습니까. 냥이한테는 랑이가 가장 잘 먹히는데.”

“하긴, 그러네. 네가 뭘 할 수 있겠어.”

끄어어어억! 남자의 자존심이라는 게 산산조각이 난다!

하지만 나도 더 이상 예전의 강성훈이 아니다. 전 세계구의 수치 플레이로 인해 NEW 강성훈으로 다시 태어났다고!

“그래도 이런 건 할 수 있어.”

“어?”

나는 나래의 허리를 감싸 안고서 내 쪽으로 확 당겨 안았다. 내가 이런 짓을 할 거라고는 상상도 못 했는지 나래가 그대로 굳어 버렸다. 갑작스러운 변화를 받아들이자고 현실에 적응하지 못한 것이다.

내가 이런 지옥 열차 확정이 되는 짓을 하는 거에는 모두 이유가 있다. 랑이와의 일 이후, 나래가 했던 말을 기억하고 있을지 모르겠다.

나도 슬슬 한계야.

잘난 척하는 것같이 들리겠지만, 나래는 나를 좋아한다. 그 감정은 아마도 랑이와 비교해 보아도 뒤지지 않을 것이다. 왜냐하면, 나래는 평균적인 윤리관을 가지고 있으면서도 랑이를 사랑한다 말하고 자신과 다른 여자애들을 아내로 삼겠다고 선언해 버린 내 곁에 남아 있어 주니까. 단순한 소꿉친구이기 때문이라고 생각할 수도 있다. 나래는 상냥하기 때문에 나 같은 인간 말종을 쉽게 버릴 수 없기 때문이라고도 볼 수 있다. 하지만 나는 그것들과는 다르다고 생각한다. 즉.

나래는 이런 나를 아직도 사랑한다는 것.

그렇다면 적어도 그로 일어나는 부의 감정은 내가 짊어지기로 결심했다.

뭐, 간단하게 말하면 내가 나쁜 놈이 되기로 한 거다. 나래가 알지 못하는 사이에 자기 자신이 나라는 인간쓰레기의 독니에 콱 물려 버린 피해자라고 생각하도록 만들겠다는 이야기다.

……나래가 나를 너무 잘 알아서 조심조심 시간을 들여서 하고 있긴 하지만.

"자, 잠깐, 성훈아?"

나래가 제대로 된 사고를 못 하는 사이에서도 내 몸은 먼 옛날부터, 성에 눈을 뜬 그때부터 바라 왔다는 듯이 자신의 욕망에 솔직하게 행동했다. 허리를 끌어안은 왼팔은 내 쪽으로 당기며 나래의 허벅지 아래에 손을 집어넣고 들어 내 쪽으로 당기고서 놓는다. 나래의 다리가 내 위로 올라오며 자연스럽게 나래의 풍만하고 부드러운 가슴과 몸이 닿으면서 피의 흐림이 빨라진다. 가까워진 나래의 얼굴. 얼마나 놀랐는지 동글동글하게 변한 눈동자, 오뚝한 콧날, 그리고…… 그 아래의 윤기 어린 분홍빛 입술이 내 시선을 잡아 삼킨다. 그 입술이 벌어지며 무엇인가를 말하려 하기에 나는 고개를 살짝 비틀며 나래에게 다가갔다.

가을비가 달빛을 가려 주는 밤이지만 나래의 붉은 피부는 너무나 선명하다. 나는 그대로 나래의 입술에 입을…… 맞았다.

"수작질 부리지 말랬지!!"

"끄어어억!!"

정통으로 맞았다. 나는 나래의 주먹에 맞아 허공에 붕~ 떠서 떨어지는 빗방울 사이를 가로지르며 담벼락을 향해 날아가면서도 얼핏 보이는 나래가 분노보다는 수치심에 사로잡혀 있다는 것을 확인하고 만족스럽게 눈을 감았다.

내 인생, 한 줌 후회도 없다.

사람은 기계가 아니지만 나는 어찌 보면 기계와 같은 취급을 받고 있다. 어젯밤에 나는 나래의 '몰라몰라, 부끄러워, 그러니까 죽어.' 펀치에 맞았다. 보통 사람이라면 그대로 중환자실에 옮겨졌겠지. 하지만 세희의 간단한 치료로 깔끔하게 나아 버린 나는 아침이 오자 어제와 같이 업무에 복귀해야만 했다. 나는 기계적으로 사인을 하며 인간적으로 서류의 내용을 훑어보면서 말했다.

"그런데 내가 이런 거 하고 있을 때가 아닌 것 같은데."

내 말에 세희가 회장님 책상에 걸터앉아서 다리를 꼬았다. 평상시와 같은 한복이라면 아무런 문제도 없겠지만 지금 입고 있는 게 몸에 달라붙으면서 옆트임이 굉장한 라인 스커트라서 확연히 드러나는 새하얀 허벅지와 검은색 가터벨트, 그리고 스타킹이 신경 쓰인다.

"그렇습니다, 주인님. 지금 하실 건 손을 놀리는 것이 아니라 주인님의 자……."

이런 농담을 할 게 뻔했거든.

"네가 무슨 농담을 하려는지 아니까, 절대로 말하지 마라."

세희가 손으로 입을 가리며 말했다.

"설마, 주인님께서는 제가 손을 놀리는 것이 아니라 자랑스러운 두뇌를 쓰셔야 한다고 말하려는 것을 아셨다는 겁니까?"

열 받네.

"……그거 아니었잖아."

세희가 세상에서 가장 어울리지 않는 눈웃음을 지으며 말했다.

"무슨 말씀이신지 순진한 처녀로서는 이해하지 못하겠습니다."

세희가 살살 내 신경을 긁기에 나도 똑같이 돌려주기로 했다.

"너 방금 말투, 은근히 가희하고 닮았다."

세희가 인상을 찌푸리고 책상 위에서 내려와 발로 내 의자를 걷어찼다.

"으아아아~?"

의자와 함께 빙글빙글 돌아 벽에 부딪혀 버렸습니다. 회장님 의자에 바퀴가 달려 있고 360도 회전이 가능하다는 것이 이렇게 나쁜 거였나.

"주인님."

빙글빙글 돈 바람에 어지러운 내게 세희의 차가운 목소리가 고막을 얼렸다.

"세상에는 농이라고는 하나, 해서 될 말과 안 될 말이 있습니다. 아시겠습니까?"

세희의 등 뒤로 검은 안개 같은 것이 물씬물씬 피어오르는 것을 보아 잘못 건드린 것 같네. 이럴 때는 어떻게 하는 게 좋을까요?

"미안."

일단 빌고 보는 겁니다.

"그렇게 생각하시면 와서 사인이나 계속 하시지요."

"어."

나는 두 발로 엉금엉금 의자를 끌고서 원래의 자리로 돌아와 다시금 펜을 잡았다.

"그래서 지금 주인님께서 이런 단순 작업이나 하고 있을 때입니까."

"네가 할 말이냐?!"

세희는 무슨 말을 하냐는 듯 어깨를 으쓱거리고서는 내게 말했다.

"저는 주인님께서 주무시고 계시는 사이에 오늘 해야 할 일들을 미리 다 끝내 두었습니다. 지금도 이렇게 주인님과 이야기하는 동안에도 뇌의 30%를 이용해 식신을 이용해 자투리 업무를 처리하고 있지요."

"대단하잖아! 너 인마, 너무 대단하다고!"

"취미 생활을 포기한 덕분입니다."

으르렁! 며칠은 굶은 듯한 육식 동물이 포효하는 기분이 들어서 나는 입을 다물었다.

"그래서. 지금 이런 단순 작업이나 하고 계실 때입니까."

같은 말을 다시 한 세희에게 이번에는 다른 대답을 들려줬다.

"그러면 어떻게 해. 지금 이걸 안 할 수도 없잖아."

내가 하루에 처리할 수 있는 양은 한계가 있다. 사인을 하는 것도 꽤나 힘든 일이라고. 오늘 냥이에 대한 일 때문에 오늘 할당량을 채우지 못하면……. 내일은 아이들과 잠깐 놀아 주는 시간도 없어질 거다.

"사인을 하면서 생각을 하고 답을 내어 제게 앞으로의 방침에 대해 말씀해 주시면 되지 않습니까."

"내가 너냐?!"

"저를 너무 우습게 보시는 것 아닙니까."

나는 세희가 어디선가 꺼낸 화이트보드에 왼손으로는 [저의 유능함을 주인님의 기준으로 재려고 하시는 것 자체가 오만입니다.]라는 글을 쓰고, 오른손으로는 랑이의 초상화를 멋들어지게 그리며, 입으로는 "5천 년 정도 살면 자신을 이 정도까지 단련할 수 있는 법입니다."라고 말하는 것을 보고 두 손을 들었다.

"할 말이 없다."

"하지만 이런 저라 해도 지금은 취미 생활을 즐기지 않습니다. 왜냐하면 해야 할 일이 있기 때문이죠."

나는 펜을 놓고서 세희에게 말했다.

"그러니까 지금 내가 우선순위를 잘못하고 있다는 거지?"

"이제야 제가 원했던 대답이 나왔군요. 한 번만 더 잘못된 대답을 하셨다면 쓰리 아웃 체인지가 되었을 겁니다."

뭐가 체인지당할지는 무서워서 못 물어보겠다.

"지금은 주인님 말씀대로 사인이나 하고 있을 때가 아니라 냥이 님을 어떻게 설득할지에 대해 생각하고, 그 생각을 바탕으로 행동하실 때라고 생각합니다. 물론 지금의 일 역시 중하긴 하니 이에 대한 대책도 마련하시고 말이죠."

세희도 참 많이 독기가 빠진 것 같다. 아니면 내가 너무 익숙해졌거나. 지금 한 말과 조금 전에 자신은 여러 가지 일을 동시에 할 수 있다는 것을 보여 주었던 행동. 그것들을 종합해 보면 지금 세희가 하고 싶은 말이 무엇인지 결론이 나온다.

"그러면 이거 네가 다 해라. 난 랑이하고 만나서 이야기 좀 할 테니까."

그런데 세희의 표정이 좋지 않다.

"그걸 핑계 삼아 제게 일을 떠넘기고 안주인님과 즐거운 한 때를 즐기시려는 겁니까. 아이라도 가지신다면 괜찮습니다만…….”

“어이가 사라질 지경인데.”

“재미없습니다.”

내 개그 센스는 그렇게 나쁜 편이 아니라고 생각한다.

“사, 상관없잖아.”

그런데 왜 이렇게 부끄러울까. 나는 그래, 한번 짖어 봐라. 네가 어디까지 가나 지켜보겠다는 표정으로 나를 바라보는 세희에게 내 정신적인 안전을 지키기 위해서 화제를 돌렸다.

“아, 그리고. 냥이가 지금 어디에 숨어 있는지 알아봐 줘. 설득하러 가야 하니까. 시간은 얼마나 필요해?

세희는 찻잔에 뜨거운 김이 나오는 물을 따르고서는 말했다.

“차가 식기 전에 가능합니다.”

나는 세희의 말에 고개를 끄덕였다. 역시 세희는 많은 도움이 된다. 세희가 없었더라면 어떻게 됐을지 상상도 못 하겠다니까.

“그보다 어디서 그런 몹쓸 개그를 배우신 겁니까.”

그것과 상관없이 나를 힘들게 만들지만.

다시는 이상한 말장난을 치지 않겠다는 각오를 다지며 방에서 나온 나는 랑이를 찾아갔다.

“어? 성훈이다!”

자기 방에서 나래와 일대일 개인 교습을 받고 있던 랑이가 책상을 박차고 일어나서 내게 달려들었다. 하지만 안타깝게도 그 행동은 잽싸게 꼬리를 잡은 나래로 인해 불발로 돌아갔다.

"이잇~! 놓거라! 이거 놓거라!"

랑이가 꼬리를 잡힌 채 허공에 두 팔을 바동바동한다.

"아직 공부 안 끝났잖아. 그리고 성훈이, 너. 일은 어떻게 하고 온 거야?"

나는 꼬리의 안전을 위해서 랑이에게 다가가 품에 안아 준 다음 어제 일 때문에 아직도 신경에 날이 서 있는 나래에게 말했다.

"세희에게 맡기고 왔어. 나는 따로 할 일이 있어서."

"……그거야?"

나래도 눈치챈 것 같다.

"응."

"응? 무슨 말이느냐?"

가장 중요한 랑이는 유일하게 상황을 이해 못 하고 있다. 내가 말할까? 나래가 내게 눈빛으로 물었지만 나는 거절했다.

"응? 응? 또 나 빼고 이야기하느냐?"

나와 나래의 눈빛 대화에 랑이가 뿌루퉁해진다.

"그런 거 아니야. 여기 온 것도 너한테 할 말이 있어서인걸."

"에헤헤헷! 그렇느냐!"

금방 기분이 좋아져서는 어깨를 으쓱으쓱하며 고개를 높이 세운다. 이런 랑이에게 조금 힘든 말을 해야 하니 죄책감이 드네. 그래도 꼭 필요한 일이니 어쩔 수 없다.

"랑이야."

"응?"

나는 랑이에게 말했다.

"네가 냥이를 설득해 줘라."

"……에?"

랑이가 그대로 멈췄다. 나와 나래는 랑이를 놓아주었다. 어제의 내 이야기로 이미 '냥이를 설득해서 원래 하던 일을 맡겨 버린다.' 라는 내 계획을 알고 있었지만 설마 그걸 자신이 하게 될 거라고는 상상도 하지 못했던 것 같다. 눈을 깜빡깜빡하면서 입을 헤 벌린 채로 벙 쪄 있는 모습을 보면 누구나 쉽게 알 수 있다.

"내가…… 말이느냐?"

"응."

이제야 상황을 파악한 랑이는 허둥대며 말했다.

"어, 으, 하지만, 하지만 검둥이는 머리가 좋으니라!"

냥이는 머리가 좋다 → 냥이는 나보다 머리가 좋다 → 내가 나보다 머리가 좋은 냥이를 설득할 수는 없을 것이다.

랑이가 하고 싶은 말을 이해했다.

"괜찮아."

나는 랑이가 머리를 써서 냥이를 설득해 주기를 바란 적 없다.

"거, 거기다 검둥이는 지금 나한테……. 으……."

머리를 부여잡고 뭐라고 말을 하고 싶지만 입이 안 떨어지는 랑이를 위해 내가 대신 말해 주었다.

"저번에 있었던 일 때문에 화가 나 있을 거라고?"

랑이가 고개를 끄덕였지만 평소와 같은 발랄함은 느껴지지 않았다. 꼬리뿐만이 아니라 어깨까지 추욱 내려간 모습이 안쓰러워서 어부바해서 둥기둥기해 주고 싶은 마음이 든다.

……지금은 안 되고 나중에 해 주자.

"나한테 실망했을 것이니라. 검둥이는 분명 화가 나서…… 날 보고 싶지 않을 것이니라. 그런데 내 말을 들어줄 리가 없지 않느냐."

우울하고 암울한 모습에 나는 무릎을 굽혀 랑이와 눈높이를 맞췄다.

"랑이야."

"……응."

"우리는 가족이지?"

랑이가 즉답했다.

"응."

"만약에 내가 실망할 일을 내가 하면, 넌 그렇게 생각할 거야?"

"……아니니라. 하지만 이건 다르지 않느냐."

"그래, 다르지."

나는 고개를 끄덕이고 불안해하는 랑이를 목소리로 어루만지며 말했다.

"나보다 더, 냥이는 너하고 오랜 시간을 같이 지내 왔고 너를 위해서 나보다 더 많은 것을 해 온 언니야. 그런데 그런 일이 있었다고 해도 냥이가 정말 널 미워할까? 다시는 보고 싶지 않을까?"

그 시스콤 호랑이 녀석이 말이지.

"하지만 나는 검둥이가 아닌 너를 선택하였느니라. 그래서……. 그래서……."

랑이는 침울하게 말했지만 나는 지금 이런 상황에 맞지 않게 뿌듯함이 느껴졌다.

우하하핫! 냥이, 이놈아! 보고 있냐?! 네가 아무리 잘났어도 랑이가 선택한 것은 나다! 이 강성훈이란 말이다! 우하하하핫!

"큼!"

나래의 잔기침에 정신이 들었다. 내가 지금 이런 저열한 우열감에 빠져 있을 때가 아니지. 나는 마음을 가다듬고 할 이야기를 했다.

"그렇다고 해도 가족이라는 연은 끊어지지 않아."

나를 봐라. 그 빌어 처먹을 아버지와도 아직 부모 자식 하고 있잖아. 한 달 전의 전화를 마지막으로 아무런 연락도 오고 있지 않는, 내가 하면 바쁘다는 말로 끊어 버리는 부모님이지만. 그래도 아마 내가 도와달라는 말을 하면 지금 당장 와 주실걸.

……아버지 말고. 어머니께서.

"랑이는 냥이하고 같이 있고 싶잖아?"

"……알고 있었느냐."

"말하지 않아도 그 정도는 알 수 있어."

모르면 그게 이상한 거겠지.

"그리고 냥이도 분명 너하고 같이 있고 싶어 할 거야. 랑이가 냥이를 그리워하듯이 냥이도 랑이를 그리워하니까."

엄청난 시스콤이기도 하고.

"다만 자기 상황 때문에 널 생각해서 떨어져 지내는 거지. 나는 그 상황을 바꿔 줄 수 있어. 랑이하고 냥이가 같이 지낼 수 있는 환경을 나는 만들어 줄 수 있어."

나는 요괴의 왕이니까.

"하지만 냥이를 데리고 오는 건 내가 할 수 없어."

나는 냥이의 가족이 아니니까.

"랑이야, 냥이를 설득할 수 있는 건 너밖에 없어."

랑이와 냥이는 서로를 사랑하는 자매[愛姉妹]니까.

"……하, 하지만."

랑이는 내 말에 고개를 숙이고서 제대로 말을 하지 못했다. 음. 랑이에게는 너무 어렵게 이야기했나? 아니, 그건 아닌 것 같다. 내 생각이지만 이건 전과 같이 각오의 문제다. 내 손을 잡아 주는 데 고민했던 것같이 움츠리고 있는 것이다. 그렇다면 아야의 조언대로 랑이가 힘을 낼 수 있게 도와줘야겠지.

"랑이야."

"……응."

침울한 랑이에게 나는 말했다.

"냥이를 설득해 주면 같이 데이트할 수 있어."

"하겠느니라! 검둥이를 설득하겠느니라!"

어린애를 속이는 건 손바닥 뒤집는 것보다 쉬운 일이지, ~~우후후후후후~~. 눈앞에 맛있어 보이는 사탕을 흔들기만 하면 되니까.

"……하아."

나래의 싸늘한 한숨이 심장에 박히지만 어쩔 수 없잖아.

나는 지금 당장이라도 빛의 속도로 뛰쳐나갈 듯이 방방거리는 랑이를 달래면서 지금 생각을 나래에게 말없이 전했다. 나래도 나와 같은 방법으로 내게 말했다.

나까지 같이, 라는 거지. 이 인간 말종 쓰레기야.

이런 어른의 더러운 속내는 둘째 치고.

"그런데 어떻게 하면 되느냐? 검둥이의 손을 잡고 끌고 오면 되는 것이느냐?"

그 방법도 좋긴 하지만 난리 풍판이 일어날 거다, 이 녀석아.

"아니, 그럴 필요 없어. 랑이는 냥이하고 만난 다음에 평소처럼 지내면 돼. 아, 이왕이면 냥이하고 많이많이 놀아 주면 좋겠어. 그러면 나머지는 내가 알아서 할 테니까."

랑이가 머리카락으로 물음표를 만들었다.

"그게 전부이느냐?"

나는 고개를 끄덕였다. 랑이가 기세등등하게 허리를 펴고서 손으로 주먹을 말아 가슴을 가볍게 치며 당당하게 말했다.

"알겠느니라! 나한테 맡기거라!"

불타오를 수 있는 에너지원을 확보한 랑이는 거칠 것이 없었다.

"세희야!"

[부르셨습니까, 안주인님.]

세희가 직접 찾아오지는 않았다. 대신 우리 집에서 오버테크놀로지라고 할까, SF영화에서 자주 보이는 화면이 공중에 나타났고, 거기에는 내 의자에 앉아 열심히 서류와 싸움을 하고 있는 세희의 모습이 비쳤다.

"검둥이를 만나러 가겠느니라! 지금 당장 준비하거라!"

가히 집안의 폭군 같은, 남의 상황 같은 거는 신경 안 쓰는 듯한 모습이지만 오해하면 안 된다. 랑이는 지금 약간 흥분해서 주위가 보이지 않는 것뿐이니까. 냥이와의 관계에 대한 생각이 정리 안 돼서 갈 곳을 잡지 못한 마음이 이제야 폭주한 게 아니려나. 나는 지금 당장 날아갈 듯한 랑이의 머리에 손을 올리고서 세희에게 말했다.

"괜찮냐?"

화면 속의 세희가 빙긋 웃는 것같이 보였는데 전파가 이상해진 걸까. 세희는 찻잔을 들어 한 모금을 마신 후 말했다.

[차가 아직 따듯하군요.]

저런 식으로 머리 굴리면서 잘난 척을 하는 것도 재주라면 재주다.

[그보다 주인님. 잠시 혼자 이쪽으로 와 주시겠습니까. 긴히

말씀드릴 것이 있습니다.]

"그냥 여기서 하지?"

옆에서 가만히 이야기를 듣고 있던 나래의 말에 세희가 흘러내려온 머리카락을 귀 뒤쪽으로 넘기며―아무리 봐도 일부러다―말했다.

[질투하시는 겁니까?]

두근!

"아니, 나도 정보가 많으면 좋으니까."

하아…….

[곰의 일족의 차기 수장이 되실 분이시라면 남이 떠먹여 줘서 커진 가슴이 처질까 걱정이나 하지 마시고 직접 발로 뛰시죠.]

"지금 널 죽이려 가도 될까?"

나래가 주먹을 쥐는 것과 동시에 나는 랑이의 어깨를 잡아 나와 나래의 사이에 세웠다.

"그럼 난 잠깐 갔다 올게."

랑이를 미끼로 주고 안전을 취한다!

"서, 성훈아? 혼자 가는 것이느냐?!"

분노한 나래와 둘이서만 남는 것이 싫은 랑이가 애걸하는 목소리가 들렸지만, 적어도 너는 맞지는 않잖니.

내 방으로 돌아가서 처음으로 꺼낸 말은 이렇다.

"아까 하지 그랬냐."

그랬다면 이렇게 번잡하게 왔다 갔다 할 필요도 없고 시간 낭비를 하지 않아도 되고 나래의 분노에 찬 모습을 안 봐도 됐었을 텐데 말이야.

"설마 지금 당장 안주인님께서 행차하실 거라고는 생각하지 못, 푸웁, 해서 그렇습니다."

알기 쉽게 내게 거짓말을 했다고 말해 줘서 고맙다, 야.

"그래서 진짜는 뭔데?"

세희는 안경을 벗어 와이셔츠에 걸고서는 의자에서 일어났다. 그러면서 은근슬쩍 묶은 머리카락을 풀어 헤치고서 가깝게 다가와 내 턱 밑에 검지를 대고 목젖 아래까지 스윽 훑어 내린다. 이 녀석이 미친 짓을 하는 것은 하루 이틀이 아니라 이젠 당황스럽지도 않다.

"당연히 주인님과 단 한 번이라도 더 단둘의 시간을 가지고 싶어서가 아니겠습니까?"

지랄하고 자빠졌네.

그렇다면 나도 지랄이다.

"날 유혹하려면 열 살부터 열세 살 사이의 소녀……."

나는 바보였다. 너무 기고만장해져 있었다. 상대는 세희다. 내가 이런 농담을 하게 될 경우 어떤 일이 벌어질지 생각을 해 봤어야 했다.

"왜, 더 말씀해 보시지요."

나는 목소리가 한 옥타브는 높아진 세희를 내려다보면서 이마를 짚었다. 으……. 갑자기 두통이 일어나네.

"이제 유혹해도 됩니까, 주인님? 아니, 이 모습이면 다른 성벽이 일겠군요."

갑자기 세희가 바닥에 무릎을 꿇고 두 손을 싹싹 빌며 내게 말했다.

"제발 야한 짓은 하지 말아 주세요, 성훈 오라버니. 제발요."

그게 무엇인지는 모르겠다. 하지만 잘못했다고 비는 세희를 보니, 내 안의 무언가가 경고를 하는 느낌이 들었다.

이건 위험하다. 이 상황이 계속될 경우 뱀이 아닌 우로보로스가 튀어나온다.

그 순간.

"제가 잘못했습니다."

나는 엎드려 빌었다.

"그렇게 충격적입니까."

당연하지.

세희는 인상 자체가 차갑고 날카로운 데다가 인간답지 않아 보이는 느낌이 많이 난다. 요즘에야 표정이 좀 많아졌지만 그래도 사람의 첫인상이라는 게 어디 가는 건 아니야. 그렇기에 나는 랑이만 한 소녀가 되어서 울상을 지으며 시신경을 혼란시키고 높아진 목소리로 고막을 뒤흔드는 세희의 앞에 석고대죄를 할 수밖에 없었던 것이다!

단지 그것뿐……일 거야!

세희는 시선을 피하는 나를 보고는 속을 알 수 없는 미소를 지으며 말했다.

"성훈 오라버니를 위해서 서비스[함정]를 해 보았는데 반응이 이러니……."

서비스라고 말하면서 함정이라고 쓰지 마.

"알겠습니다."

다시 원래의 모습으로 돌아온 세희의 모습을 보니 마음에 평안이 찾아온다. 이제야 좀 다시 이야기를 할 기운이 나네. 나는 무릎을 꿇은 김에 그 자리에 그대로 앉았다. 세희도 다소곳이 앉아서는 내게 말했다.

"나래 님께 주인님의 계획에 대해 들었습니다."

나는 잠깐 생각해 보고서 말했다.

"엿들은 게 아니고?"

"자신이 남성이라는 것을 어필하는 주인님께서는 나름 매력적으로 보였습니다. 마치 하룻강아지가 어흥 하고 짖는 것 같이 말이죠."

한숨이 나온다.

"그래서? 말리려고?"

"아닙니다. 단지 그 계획을 실행하기 위해서는 주인님께서 실질적인 무력으로 이용하실 수 있는 것이 필요하다고 생각해서 그렇습니다."

한 마디로 이번에도 뭔가 내게 줄 게 있다는 말이다. 나는

부끄러움을 모르는 사람답게 손을 내밀었다.

"줘."

"……뻔뻔하기가 그지없군요."

"누가 날 이렇게 만들었는데."

"세상입니다."

……할 말이 없게 만드네.

"어쨌든 줄 거 있으면 빨리 줘라."

세희가 시선을 돌렸다. 나도 그쪽을 보았다. 책상 위에 수북이 쌓여 있는 서류들이 보인다.

"상황이 이래서 만드는 데 조금 걸릴 것 같습니다. 나중에 택배로 보내 드리지요. 그러니 이거라도 받고 가시지요."

나는 세희가 준 초콜릿을 받아서 바로 입 속에 집어넣었다. 달다.

"그러면 제가 드릴 말씀은 다 드렸습니다. 안주인님께서 기다리고 계시니 이만 가 보시지요."

"아, 그런데."

나는 조금 마음에 걸렸던 것을 물어보았다.

"냥이가 있는 곳을 어떻게 알아낸 거야? 전 세계에서 그 녀석 찾으려고 고생 중인데, 넌 되게 쉽게 찾았다?"

"방법이 있습니다."

세희는 휴대폰을 꺼내 주소록을 내게 보여 주었다. 알지 못하는 여러 이름 중에서, 나는 익숙한 두 글자를 볼 수 있었다. 가희라는 이름을 말이야.

"관심병자에게 물어봤습니다."

"……헐."

둘이 만났을 때 서로 꽤나 의식하는 것같이 보인 게 정말이었나 보다.

"그래도 그렇지. 그렇게 쉽게 알려 줘?"

세희는 내가 아닌 다른 누군가를 보며 한쪽 입가를 쓰윽 올렸다.

"모든 창귀가 저와 같지는 않습니다, 주인님."

이해하기에 따라 무섭기까지 한 소리를 듣고 나는 방을 나섰다.

냥이를 설득하러 가는 인원은 나와 랑이와 바둑이로 한정 지었다. 일단 나래의 경우 곰의 일족이고 세희는 나 대신 업무를 봐야 하는 상황. 치이와 페이를 데려가는 것은 만약의 상황이 일어날 경우 위험하기 때문에 제외. 조금 문제가 있었던 것은 아야였지만 아직 자신의 힘을 감당하지 못하기 때문에 잔류하는 것을 강력하게 주장했다.

내가.

"그럼 갔다 올게."

"집 잘 지키고 있거라."

"다녀올게요."2

"무슨 일 있으면 바로 연락해."

"아우우우, 다치지 말고 다녀오시는 거예요."

[안 돌아오면 안 됨. 울 거임.]

"키이잉……. 나 놔두고 사라지면 죽을 때까지 저주할 거야."

"다녀오시지요, 주인님 내외 분."

의외로 정상적인 마중을 받으며 나는 냥이의 은신처를 향해 집을 나섰다. 아니, 나섰다고 하면 이상하지.

"그럼 시작하는 거예요."

[걱정 안 해도 됨.]

치이와 폐이가 오작술을 써 줬으니까.

세 번째 이야기

등가 교환. 세상에 공짜는 없다는 말이다. 치이와 페이의 오작술로 순식간에 이동할 수 있었지만 나는 또다시 극심한 현기증과 함께 정신을 잃었다 깨는 경험을 하게 되었다. 거기다 이번에는 눈을 뜨자마자 본 게 대단해서 조금 당황해 버렸다.

"……."

"……"

"……."

"……."

"응?"

한창 목욕 중인 냥이와 가희였으니까. 어째서인지 모르겠지만 나와 랑이, 바둑이가 도착한 곳은 눈이 쌓인 나무들로 둘러싸인 노천 온천이었다. 뜨거운 김이 냥이와 가희의 몸을 가려 주고 있기야 하지만 김이라는 것은 움직이는 법. 보이던 것이 보이지 않게 되고 보이지 않던 것이 보이는 경우가 생긴다는 말이다. 온천의 물이 뿌옇기는 하지만 무슨 운명의 장난인지 냥이와 가희는 서 있었다. 그래. 이제 막 온천욕을 마치고 밖으로 나오려고 하던 것같이. 그러다 보니 나와 냥이와 가희는 그대로 굳어 버리고 만 것이다.

"오옷!"

그중에서 가장 먼저 반응한 것은 랑이였다.

"씻고 있었구나!"

사전에 공모했던 대로 행동해 주는 랑이의 목소리에 정적의 마법이 부서지고 냥이가 두 팔로 가슴을 가리며 그대로 주저앉았다.

"꺄아아아아아아악!!"

……왜일까. 너무나 당연한 반응임에도 불구하고 이상하게 느껴지는 것은. 내가 그동안 겪었던 일들 때문일까. 그래서 나는 이런 상황에서 어떻게 대처해야 하는지 잠깐 동안 까먹고 말았다. 그러니까 계속 바라보고 있었다는 말이다. 어깨까지 물에 담근 채 나를 죽어라 노려보는 냥이와 자신의 나신에 절대적인 자신이라도 있다는 듯 가만히 서 있는 가희, 그리고 옷을 벗어젖히고 알몸이 되어 풍덩풍덩 뛰어든 랑이까지 말이다.

"저도 같이 해요, 주인님."

아, 바둑이도 추가하자.

"이, 이 쓰레기 같은 놈아! 고개 안 돌리느냐?!"

냥이의 고함 소리에 나는 지금 해야 할 행동이 무엇인지 기억해 냈다.

"아, 미안."

사과가 일단 먼저고.

"계속해라."

그 자리에 주저앉는 게 두 번째다.

"다 씻을 때까지 기다려 줄게."

내가 냥이에게 당했던 것을 갚아 줄 수 있을 때가 얼마나 있겠어?

"이, 이 짐승 같은 것이!"

"응? 검둥아. 짐승은 우리이지 않느냐?"

알몸을 보이는 데 세상에 부끄러움이 없는 랑이는 화가 난 냥이의 복창을 긁었다. 악의 없이 한 말이라 그 파괴력은 강했다.

"그, 그게 문제가 아니지 않느냐?!"

"아, 그렇구나! 그런 건 상관없으니까 오랜만에 같이 씻자꾸나."

"언제부터 그리 씻는 것을 좋아했다고?!"

"성훈이하고 같이 씻다 보니 좋아졌느니라."

화가 난 나래 저리 갈 것 같은 얼굴로 내게 뭐라고 말을 하려는 냥이를 랑이가 급습한다. 정면에서 달려들어 몸을 비비적거리는 랑이 때문에 표정이 헤실헤실 풀려 버린 냥이였지만 이내 정신을 다잡고…….

"검둥아. 예전보다 조금 마르지 않았느냐?"

"어, 어딜 만지는 것이냐?! 지금은 우리 둘만 있는 게…… 흐냐앙?!"

다잡으려다 실패했다.

"보거라. 허벅지 살이 많이 사라졌느니라. ……나 때문에 검둥이가 고생을 많이 했구나."

어깨를 추욱 내리고 고개를 푸욱 숙인 랑이 때문에 냥이가 허둥대기 시작했다.

"그, 그건 네가 신경 쓸 일이 아니니라. 슬퍼하지 말거라. 이게 다 저……."

냥이가 풀이 죽어서 살짝 떨어져 있던 랑이를 꼬옥 끌어안은 다음 온천수에 어깨까지 푸욱 잠근다. 그러고서는 내게 삿대질을 하면서 소리쳤다.

"으냐아아앗!! 네놈은 왜 아직까지 여기 있느냐! 빨리 꺼지지 못할까!"

평범한 사람이라면 여기서 사과를 하고 물러나겠지만, 내가 누구냐. 팬티 차림으로 매스컴을 탄 사람이다.

"넌 전에 내 망상을 봤을 때는 아무렇지도 않았으면서 지금은 왜 그러냐?"

"그, 그건 망상이지 않느냐?! 현실에 있지도 않은…… 그것보다 지금 그런 걸 물어볼 때이느냐!"

아, 그러네. 내가 물어볼 건 그게 아니지.

"그래서 어디로 가라는 거야?"

"그런 것까지 내가 알려 주랴!"

하지만 여기는 첩첩산중이고 주위를 둘러보면 어디선가 멧돼지나 곰이 나타나서 달려들어도 이상할 게 없는 곳이란 말이지. 거기다 내가 입고 있는 옷도 가을용이라 눈 덮인 산속을 돌아다니고 싶지 않다. 지금이야 온천 때문에 따듯해서 괜찮지만.

"여기가 우리 집도 아니고 이런 곳에서 헤매다가는 추워서 얼어 죽……."

"가희!"

냥이의 앙칼진 목소리에 말이 끊겼다.

"네년이 저 오이로 채를 썰어 전을 만들어 상에 올릴 것 같은 놈을 데리고 가거라!"

……조금 이해하기가 힘들지만, 오이로 전을 만들면 그건 더 이상 전이라고 부를 수 없는 음식이 되어 버린다. 그런 음식을 상에 올린다는 것을 지금 상황과 연관시켜 보면 부끄러움을 모른다는 것이 되려나. 주부로서 그런 음식을 남이 먹게 한다는 것이…… 같은 생각을 하고 있자니 어느새 알몸의 가희가 내 앞에 서 있었다.

"저를 따라 오시옵소서, 전하."

창귀인 이 녀석에게 춥냐, 안 춥냐에 대해 언급하는 건 바보 같은 짓이겠지. 그래서 난 다른 걸 말했다.

"……옷은 안 입냐?"

옛날 같으면 비명부터 지르고 부끄러워서 뭐라고 말도 못

했겠지만 지난 한 달간의 생활이 나를 강하게 만들었다. 노는 시간이 줄어들자 날이 갈수록 대담해진 아이들의 애정 공세에 시달려 레벨이 올라 버렸다는 거지.

“물기가 아직 마르지 않았사옵니다. 아, 혹시 물기에 젖은 옷을 입는 편이 취향이옵니까?”

나는 잠시 고민했다.

“아니.”

그리고 나는 정직하게 대답했다.

“나는 알몸이 좋다.”

“그러면 이대로 안내해 드리겠사옵니다.”

가희는 그대로 나를 지나쳐 먼저 숲길을 따라 걸어갔다. 나는 냥이를 놀리기 위해서 여기에 더 있을까 싶었지만 일단 내 목적은 설득. 너무 놀리다가 수습 못 할 정도로 화가 나면 안 되기 때문에 가희의 엉덩이를, 아니, 뒤를 따라 걸어갔다. 깊은 숲 속이라서 그럴까. 가희의 나체는 조금도 선정적이지 않은 자연스러움까지 느껴진다.

……조금 뜬금없겠지만, 성의 누나가 보고 싶다.

랑이와 냥이는 자매. 그렇기에 나는 은신처라고 하면 당연히 그때와 같이 깊은 동굴 속일 거라 생각했다. 하지만 현실은 산속의 눈 덮인 오두막집. 모르는 사람이 보면 그저 평범한 산장으로밖에 안 보일 거다. 그 산장 옆에 알몸의 귀신과 캐주얼한 복장의 내가 서 있으니, 뭔가 세상의 부조리함을 한

장의 화폭에 담아 둔 느낌이 든다.

“누추한 곳이지만 들어오시옵소서.”

가희가 먼저 문을 열며 내게 몸을 숙였다. 그와 함께 가희의 풍요로운 젖가슴이 출렁하고 흔들린다. 나는 잠시 그 흔들림에 따라 눈동자를 움직였다가 이내 이성을 되찾고 엄지와 검지를 이용해 억지로 눈을 감았다.

“이제 슬슬 옷 좀 입지?”

“어머나, 소저의 불미스러운 몸뚱이가 마음에 들지 않으셨사옵니까.”

이런 게, 답은 정해져 있으니 너는 대답이나 해라인가. 그렇다면 대답해 줄 수밖에 없지.

“아니. 예쁘고 매력적이긴 한데 이제 슬슬 내 이성의 한계가 오고 있거든.”

가희가 독사 같은 미소를 지었다.

“그렇다면 저를 통해 정욕을 푸셔도 괜찮사옵니다.”

온몸으로 요사스러움을 내뿜는다. 손짓 하나하나가, 몸짓 하나하나가 교태스럽다. 어떻게 하면 남심을 흔들어 낭심을 흔들게 만들지 알고 있는 듯하다. 하지만 이런 유혹에 넘어갈 거였다면 내가 이렇게 살고 있지 않겠지.

그래서 나는 거절했다.

“아, 미안. 나, 로리콘이라서.”

이왕이면 가희에게 한 방 먹이는 말로. 내 얼빠진 헛소리에 가희는 그대로 굳어 버렸다가 이내 배를 잡고 웃기 시작했다.

내 말이 그렇게 웃겼나. 다른 사람이라면, 히이익! 경찰 아저씨! 같은 반응을 보였을 텐데 말이야.

……나도 알면서 한 말이다.

산장은 꽤나 관리가 잘 되어 있었다. 1층짜리에 방은 두 개, 화장실이 하나. 거실과 부엌은 이어져 있고 벽난로가 불타고 있어서 꽤나 아득한 분위기가 난다. TV나 컴퓨터는 없지만 형광등은 있는 걸로 봐서, 어딘가 발전기 같은 게 있지 않을까. 어쨌든 전 세계에서 지명 수배를 당하고 있는 녀석이 꽤나 좋은 생활을 하고 있는 것 같다. ……내 제의를 거절할 만도 한데?

하지만 지금 내가 신경 쓸 것은 그런 게 아니었다. 자주 봐왔던 노출도가 높은 한복이 아닌, 평범한 옷을 입고 머리를 풀어 헤친 채 내 맞은편 소파에 앉아 있는 가희가 문제다. 이 어색한, 아무런 대화도 없는 이 상황을 어찌하면 좋을 것인가!

어쩌긴. 나는 가희가 타 온 정체불명의 향이 좋은 차를 마시면서 정신을 잠시 다른 곳으로 돌렸다.

나래가 잘 해 주고 있으려나.

"전하. 미천한 첩이 먼저 말씀 올리어도 되겠사옵니까?"

아, 말할 거리가 생겼다.

"아, 그런데 말이야. 분명 말해도 소용없을 것 같지만, 일단 그 말투 좀 어떻게 해 주면 안 될까. 전부터 너무 부담스러워서 말이야."

전혀 기대도 하지 않은 부탁이었지만.

"전하께서 그리 말씀하신다면 그렇게 하겠어요."

……어라? 전혀 상상도 못 한 반응에 할 말을 잃어버렸다.

"왜 그러시죠? 제가 무슨 실례라도 범했나요?"

정신이 퍼뜩 든다.

"아니, 아니야. 그런 건 아닌데……. 네가 너무 쉽게 받아들여서 당황했다."

"그거야 당연하죠. 전하는 요괴의 왕이에요. 어명을 내리셨는데 받들지 않으면 그게 더 이상하지 않나요?"

어쩌다 왕이 된 다음에 변한 거라고는 할 일만 늘어난 것이었기에 이런 반응은 조금 색달랐다.

"그래도 되는 거냐?"

"무엇이 문제인지 잘 모르겠네요."

가희의 진실이 없는 미소에 나는 더 이상 묻지 않기로 했다. 이런 것을 따지는 것은 의미가 없으니까. 그건 아마도 내 주위에 워낙 개성적인 녀석들이 넘쳐흘러서 그럴 거다. 그런데 말이야.

"……좀 춥네."

벽난로가 열심히 일하고 있다 해도 가을 옷을 입은 내게 이곳의 날씨는 쌀쌀한 편이다.

"어머, 그러시군요. 잠시 실례할게요."

자리에서 일어난 가희가 잠시 후에 가지고 온 것은 검은 털실로 짠 스웨터였다. 설마 이건 냥이의 털로 만든 건 아니겠지.

"여기서는 이것으로 충분할 거예요. 밖에 나가실 일이 있으시면 따로 준비를 할게요."

비록 가희와 친하게 지낼 이유 같은 없다고 하지만 도움을 받은 건 받은 거다. 나는 살짝 고개를 숙이며 말했다.

"고마워."

"옥체의 보전을 위해 조금이라도 도움이 되었다는 것으로 만족해요."

가희가 이런 성격이었나? 나는 아니라고 생각하는데.

"……너, 좀 변했다?"

"변하신 것은 전하예요."

그런가. 대충 이해가 된다. 내 입장이 변했기 때문에 가희도 그에 맞춰서 태도가 변했다는 거군. 즉, 지금 나를 대하는 태도 역시 진실된 것이 아니라는 말이다. 순식간에 다른 사람처럼 변한 저 말투도 말이야.

가희는 사람을 상대하는 가면을 자유자재로 쓰는 것에 익숙하다는 걸까.

그런 생각을 하고 있을 때 산장 문이 열렸다.

"후아~. 오랜만에 같이 씻으니까 정말정말 좋았느니라."

"……나는 흰둥이 네놈 때문에 현기증이 일 것 같았느니라."

"흐아아암~. 졸려요……."

방금까지 뜨거운 온천수에 몸을 담그고 와서 그런지 평소보다 더욱 뽀송뽀송해진 랑이와 바둑이가 들어왔다. 바둑이는 집에 들어오자마자 벽난로 앞쪽에 몸을 웅크리고서 그대로 잠들어 버린다. 이제 별다른 일이 없다면 밥 먹을 때까지 조용히 잠들어 있기만 하겠군.

아, 별로 중요하지는 않은데 냥이도 오긴 왔습니다.

냥이가 들어오자 가희는 의자에서 일어났고 자연스레 그 자리를 주인님이 차지했다.

"아, 성훈아."

그에 비해 랑이는 나를 보고는 쫄래쫄래 다가와서 영차, 하고 무릎 위에 앉았다. 그걸 보고 냥이가 인상을 찌푸렸지만 난 품 안에 들어온 작은 난로를 놓칠 생각이 없다.

"성훈이도 같이 씻었으면 좋았을 텐데 아쉽느니라."

"미쳤느냐. 왜 저런 것을……."

랑이의 심기가 불편해지는 것을 느끼는 것과 동시에 냥이가 혀를 찼다.

"쯧. 내가 왜 저놈과 같이 씻어야 하느냐."

은근슬쩍 놀려 볼까.

"랑이는 나하고 같이 씻자고 한 건데? 너, 자의식 과잉이냐."

냥이가 코웃음을 쳤다.

"네놈은 생각이 없느냐. 흰둥이가 나를 놔두고 갈 리가 없지 않느냐."

저 미칠 듯한 자신감을 꺾어 주자.

"있었잖아?"

"이놈이……."

순식간에 나와 냥이의 사이에 불꽃이 튀어 버렸다. 어, 내가 이러려고 온 건 아닌데 말이야.

"서, 성훈아. 검둥이와 사이좋게 지내야 하느니라. 검둥이도 마찬가지니라. 성훈이와 싸우면 내 마음이 아프단 말이니라."

랑이의 중재에 겨우 험악한 분위기가 사라질 수 있었다.

"하긴, 지금 여기에 싸우러 온 것도 아니고."

"그렇구나. 네놈의 파렴치함에 잠시 잊고 있었다."

드디어 올 게 온 것 같다.

"그래서 네놈은 왜 나를 찾아온 것이느냐."

내 대답에 따라 냥이는 실력 행사도 불사하겠다는 분위기를 풍겼다. 그래 봤자 랑이가 있으니까 별일은 못 하겠지만 그 적의만큼은 피부에 와 닿을 정도로 명백했다. 여기서 제대로 된 대답을 안 하면 쫓겨나거나 냥이가 다른 곳으로 도망칠 수도 있겠군. 그래서 나는 아야의 도움을 받아 준비할 수 있었던 대답을 말했다.

"휴가 왔다."

꼬리가 꿈틀거린다.

"……휴가?"

그렇게 의심에 가득 찬 눈으로 보지 마라. 어느 정도는 진짜니까.

"웃기는 소리로구나. 휴가라니, 참 말 같지도 않은 변명이로다. 왜, 차라리 빨래는 세탁기에 돌린 채 오래 놔둬도 쉰내가 나지 않는다 말해 보지 그러느냐."

요즘에는 좋은 섬유 유연제를 쓰면 하루 정도는 괜찮은 경우도 있다고. 물론 날이 추울 때의 이야기지만.

"그렇게 이상하냐? 나는 나름대로 일리 있다 생각하는데."

한 달간 주말도 없이 일한 내가 잠시 쉬러 오는 게 뭐 어때서?

"이곳이 아니라면 이상할 것이 없겠지."

그 말대로이긴 하지만.

"이왕 쉬려는 거 겸사겸사 랑이의 문제도 해결해 주고 싶어서 말이야."

냥이의 눈매가 날카롭게 변했다.

"네놈. 눈보다 희고 별빛보다 반짝이는 우리 흰둥이에게 무슨 짓을 한 것이느냐."

……중증의 시스콤 언니는 머리카락을 곤두세우며 만화라면 고고고고 하는 효과음이 어울릴 정도로 화를 내기 시작했다. 나는 랑이가 냥이에게 뭔가 말하려고 몸을 앞으로 숙이는 것을 보고 재빠르게 손을 들어 그 입을 막은 다음 내가 말했다.

"내가 문제가 아니라 네가 문제야."

"무슨……."

"그날 있었던 일 때문이다."

냥이는 단번에 내가 하고 싶었던 말을 깨달았다.

"흰둥아."

"응?"

봐라. 순식간에 내가 아닌 랑이에게 말을 걸잖아.

"내게 화났느냐. 아니면 내가 너에게 화가 났다고 생각하느냐."

랑이의 눈높이에 맞췄는지 엄청나게 직설적으로 물어 왔다! 랑이는 내 위에서 꼼지락거리더니 이내 고개를 끄덕였다.

"으, 응. 그러하느니라."

냥이가 아무런 말이 없자 랑이가 급하게 말을 이었다.

"그, 그게, 그렇지 않느냐. 그날 이후, 도망치듯이 사라진 것도 그렇고 날 찾아오지도 않고……. 나는 분명 검둥이가 내게 실망하고 화가 나서 그런 것이라 생각했느니라."

"어쩐지 평소보다 살갑게 군다 했더니 그런 것이었느냐."

냥이는 고개를 숙이며 한숨을 쉬고서 랑이에게 이쪽으로 오라고 손을 흔들었다. 나는 랑이가 뒤를 돌아보기 전에 그 등을 밀어 주었다. 랑이는 내 무릎 위에서 내려와 냥이에게 다가갔다. 쭈뼛쭈뼛하며 자신의 눈치를 살피는 랑이를, 냥이는 두 팔로 끌어안아 주었다.

"이 멍청한 것아. 아무리 그래도 내가 너에게 화가 났을 리가 없지 않느냐. 오히려 내가 준비한 길을 걷지 않고 너 스스로 나가는 모습에 자랑스럽기까지 했느니라. 설령 네가 내가 생각하기에 좋지 않은 길을 간다 해도 너는 내 동생이니라. 이 세상에서 유일한 내 피붙이니라. 온 세상이 네 적이라 해도, 네가 무슨 잘못을 해도, 네가 어떤 억지를 부려도, 나만은, 이 언니만큼은 너의 편에 남아 줄 것을 왜 모르는 것이냐."

냥이의 목소리가 너무나 자애로워서, 그 표정이 밖에서 매 맞고 돌아온 아이를 안아 주는 어머니와 같아서 내가 다 놀랐다. ……예시가 왜 그런지에 대해서는 묻지 말아 줘.

"알고 있느니라. 하지만……."

랑이 역시 냥이를 끌어안았다.

"내가 언니에게 너무 나쁜 짓만 했으니까, 그러니까……."

"동생은 언니에게 폐를 끼치는 게 당연한 것이니라. 그 사실을 알고 있어 주는 것만으로도 고마운 것이 언니이니라. 그러니까 마음에 담아 두지 말거라, 이 안쓰러운 것아."

"……우."

음. 지금까지 알고 지내 온 경험으로 보아, 이것은 랑이가 울음을 터트리려고 하는 전조다.

"으아아앙~. 언니, 흑. 언니."

봐. 내 말이 맞지.

랑이는 한동안 냥이에 대한 미안함 때문인지, 혹은 고마움 때문인지 눈물을 그치지 못했다. 냥이는 그런 랑이를 그대로 받아 주었다. 그 모습을 보고 있자니 마음이 따듯해진다. 아아, 훈훈하다, 훈훈해. 이렇게 훈훈한 채로 끝날 수 있으면 얼마나 좋을까.

물론 현실은 만만하지 않다. 랑이가 무릎 위에 앉아서 부비부비를 해 주는데도 냥이의 시선은 여전히 날카로운 채였다. 랑이와의 화해는 화해. 내가 찾아온 건 찾아온 것. 그렇게 딱딱 나눠서 생각하고 있다는 게 표정으로 보인다.

조금 전의 일로 호감이 생긴다거나 내게 빚을 졌다고 생각해 준다면 좋을 텐데 말이야.

"흰둥아."

랑이와의 스킨십이 충분해졌는지 슬슬 이야기를 시작하려는 것 같다.

"응. 왜 그러느냐, 검둥아."

해맑게 웃는 랑이를 보고 냥이의 입가에 미소가 걸리고 꼬리가 흔들흔들했지만 입에서 나온 목소리는 평온했다.

"나는 저놈……."

랑이가 몸을 떨어뜨리고 볼을 홀쭉이며 입술을 쭈욱 내밀어 자신이 불만이 있다는 걸 어필했다.

효과는 강력했다!

"왜 그러느냐."

"전에도 말하지 않았느냐. 성훈이를 그렇게 부르지 말거라."

이번에는 냥이 차례였다.

"이래 보여도 꽤나 순화해서 말하고 있는 것이니라."

그렇지요. 이놈, 저놈 같은 호칭이면 평범한 거지. 개새끼, 로리콘 자식, 인간쓰레기, 인간 말종 같은 거와 비교해 보면 너무나 아름답다고. 하지만 그건 어디까지나 나에게 있어서다.

"나는 싫으니라. 검둥이도 성훈이를 성훈이라 불러 주거라. 응?"

랑이의 눈동자에 담긴 강한 의지를 읽었는지 냥이가 낮은 한숨을 쉬었다.

"네가 내 말투를 따라 하는 것을 그만하면 생각해 보겠느니라."

"으냐앗?!"

랑이가 두 팔로 만세를 부르며 꼬리를 삐쭉 세운다.

"무, 무슨 말이느냐. 내, 내가 언제 검둥이의 말투를 따라 했다는 것이느냐? 나, 나, 나는 원래 이렇게 말하느니라."

그렇게 말하며 랑이는 나를 힐끗힐끗 바라보았다.

지금 내 눈치를 볼 이유가 있냐? 네가 조금이라도 어른스러워 보이거나, 있어 보이기 위해서 말투를 바꿨다, 라는 것도 모를 것 같아? 그냥 귀여워서 아무 말도 안 하는 거지. 지리산 호랑이 굴에서도 말했었잖아.

"진심으로 그렇다는 것이냐."

냥이의 말에 랑이는 고개를 숙이고서 손가락을 만지작거렸다.

"아, 아니, 그게, 그러니까……."

슬슬 도와주는 게 좋겠지.

"랑이야."

나는 분명 도와주기 위해서 부른 건데 랑이는 내 쪽을 향해 몸을 돌리더니 두 손을 흔들며 외치듯 말했다.

"아니, 아니니라! 검둥이의 말은 거…… 거짓말은 아니지만 뭔가 다른 것이니라!"

표정까지 〉_〈 이런 식으로 찡그리면서 허둥대는 랑이가 너무 귀여워서 웃음이 나왔다.

"큭."

"킥."

……냥이와 같이. 별로 기분 좋지 않군.

"……뭐냐."

"네놈이야말로 왜 웃는 것이느냐."

"랑이가 너무 귀여워서 웃었다."

"호오, 냉동실에 처박혀 1년이 지나도 알아주는 이 없는 쉰 김치 같은 네놈에게도 귀여운 것을 알아보는 눈은 있구나."

설명은 필요 없겠지.

"내가 눈이 없어도 랑이가 귀여운 건 알 수 있을 거다."

"그래 봤자 네놈은 수박 겉핥기 수준으로 아는 거겠지. 흰둥이의 귀여움을 가장 잘 아는 것은, 그 누구도 아닌 바로 이 냥이 님이니라."

"해보자는 거냐?"

"호오, 한번 해보자꾸나."

나와 냥이는 누가 먼저라고 할 것도 없이 벌떡 일어났다. 정말 이 녀석하고는 상극이군. 어디 한번 누가 더 랑이의 귀여움을 잘 알고 있는지 자웅을 다투어 보자고 결의를 불태웠을 때!

"싸, 싸우면 안 되느니라!"

랑이가 나와 냥이의 사이에 끼어들며 팔로 X자를 만들며 고개를 가로저었다. 그 모습에 자연스럽게 누가 랑이의 귀여운 모습을 잘 아는지를 따져보았자 무슨 소용이 있겠냐는 생각이 들어서 다시 의자에 앉았다. 랑이가 귀여운 건 세상이 아는 진리인데 말이야. 그건 냥이도 마찬가지인지 다시 의자에 앉아서는 다리를 꼬고 흥, 하고 고개를 돌린다. 그런 냥이에게 가희가 곰방대를 건네주고 불까지 붙여 주었다.

"이야기가 옆으로 샜구나."

냥이가 내뱉은 연기는 허공에서 바로 사라졌다.

"흰둥아. 나는 네 남편 놈과 할 이야기가 있으니 잠시 자리를 피해 주거라."

사람은 듣고 싶은 것만 듣는 경향이 있다.

"나, 남편이라니! 아, 아직은 아니니라, 헤헤헤헤."

얼굴을 붉히고서 몸을 배배 꼬는 모습을 보고서 냥이는 흐뭇한 미소를 짓다가 이내 고개를 가로저었다. 역시 이 녀석은, 랑이 앞에서는 평소만큼 이성을 유지하지 못하는군.

"지금 그게 중요한 게 아니니라. 그러니까……."

그 때, 꼬르르륵, 하고 큰 소리가 울렸다. 자연스레 나와 냥이의 시선은 랑이로 향했다. 랑이는 고개를 숙인 채 자기 배에 두 손을 올리고 있다가 멋쩍은 웃음과 함께 귀를 만지작거리면서 말했다.

"헤, 헤헤헤. 검둥아, 나 배고프느니라."

나와 냥이의 공통점은 랑이를 정말 아낀다는 거지. 냥이는 곰방대를 가희에게 넘기고 의자에서 일어났다.

"……내 경향이 없었구나. 벌써 그런 시간인데."

그러고 보니 나도 배가 고프네.

"검둥아, 뭐 먹을 것 없느냐?"

머릿속 어딘가에서 '너를 먹으면 되지~ 어흥~!' '꺄아악~ 이 짐승~♡' 같은 바둑이 짖는 소리가 떠오른 건 왜일까.

왜긴. 내 정신이 썩어 있기 때문이다. 나는 볼을 살짝 두들겨서 망상 속에서 벗어났다.

"……너, 뭐하냐?"

그런데 내가 아직 현실로 돌아오지 못했나 보다.

"……무슨 말이느냐."

검둥이, 아니, 냥이가 나를 이상하게 바라본다. 지금 그런 시선을 할 사람은 나인데 말이야. 나는 흰색 앞치마를 하고서 가희에게 매듭을 짓게 하고 있는 냥이에게 말했다.

"저녁 준비, 네가 하네?"

"그럼 누가 하느냐?"

너무나 당연하다는 듯 말해서 내가 이상하게 보인다.

"잠깐."

냥이가 갑자기 눈을 부라리며 나를 올려다본다.

"설마, 네놈. 흰둥이에게 집안일을 시키는 것이냐? 손에 물 한 방울 묻히지 않고 키운 내 사랑스런 여동생을 부려 먹는다 이 말이냐?!"

그런 거에 머리카락을 곤두세우면서 진심으로 화내지 마라!

"내가 미쳤냐?! 랑이에게 집안일을 시키느니 내가 하지! 난 당연히 가희가 할 줄 알았다고!"

"어머, 주인님. 오랜만에 제가 실력을 발휘해도 괜찮나요?"

냥이의 눈매가 예리해졌다.

"너는 누굴 죽일 생각이느냐. 아니, 그 전에. 네년은 말투가 또 왜 그러느냐?"

그러고 보니 냥이가 오고 나서 가희가 말을 꺼낸 건 이번이 처음이었지.

"전하께서 그리 하라 명하셨어요."

냥이가 인상을 찌푸렸다.

"망할 것. 내가 그리 말했을 때는 고칠 생각도 하지 않더니……. 쯧. 네년은 언제까지 그리 살 것이냐."

"저는 이미 죽은 몸인걸요."

아리송한 미소를 짓는 가희를 한참 동안 보던 냥이는 어깨를 추욱 내리고서 체념한 듯 말했다.

"그래. 마음대로 하거라."

저 둘도 뭔가가 있는 것 같긴 한데 지금은 알 수 있을 리가 없고, 그다지 궁금하지도 않다. 그에 대한 건 기억 속에 남겨두고 넘어가자.

"어찌되었건, 상은 내가 차리느니라. 불만이라도 있으면 네놈이 직접 차리거라."

뭐랄까. 말만 들어 보면 귀찮은 일을 나에게 떠넘기려는 것처럼 들리지만 어투는 다르다. 사람을 깔보는 느낌이 물씬물씬 풍겨서 바보나 정말 순진한 아이가 아니라면 그 의중을 너무나 쉽게 알아차릴 수 있을 정도다.

"검둥아, 성훈이도 집안일을 잘하느니라."

랑이는 모른다는 거지.

"호오? 네놈이?"

17년 동안 제대로 굴러가지 않는 집안에서 생존해야 했던 나를 무시하다니. 주부의 혼이 불탄다. 나는 냥이의 비웃음에 콧방귀로 화답하고서 손을 내밀었다.

"앞치마 내놔라. 넌 랑이하고 놀고 있기나 해. 내가 알아서 준비할 테니까."

그리고 나는 보았다. 냥이의 꼬리가 흔들리는 것을!

"그러하느냐? 그럼 네놈의 실력을 한번 보자꾸나."

냥이는 너무나 간단하게 내게 앞치마를 건네주었다.

……당했다! 이, 이 자식! 설마 이걸 노린 거냐?! 그 비꼬며 무시하는 어투 또한 연기였던 거야?!

내 생각은 틀리지 않았다.

"흰둥아. 우리는 그동안 놀고 있자꾸나."

"오옷! 성훈아, 저녁밥 기대하겠느니라!"

그래도 기분이 나쁘지 않은 것은 기대에 찬 눈으로 나를 바라보는 랑이 때문이겠지.

오랜만에 선 부엌이었지만 몸에 배어 있는 주부의 혼은 쉽게 사라지는 게 아니었다. 거기다 냉장고나 찬장에 식재료와 조리 도구가 잘 정리되어 있어서 처음 서 보는 부엌이었지만 요리하는 데 큰 불편도 없었고.

하지만.

"……."

옆에서 쉴 새 없이 '맛있다! 맛있다!'를 연발하는 랑이와 달리 냥이는 국 한 모금을 뜬 다음, 내게 이리 말했다.

"이놈아, 국이 짜다."

네가 세희냐.

"내 입맛에는 딱 맞아."

냥이는 숟가락으로 국그릇을 한 번 두드리며 말했다.

"허! 이런 소금 덩어리를 먹으라고 내놓았느냐."

혹시나 해서 나도 국을 떠먹어 보았다. 이것 역시 간이 딱 맞다. 그야말로 완벽한 배춧국이라 할 수 있다. 고양이 혀인 두 녀석을 위해서 일부러 미지근하게 식히기까지 했다. 아니, 그냥 단순히 랑이가 국그릇에 입을 대고 후루루룩 마시는 것만 봐도 이게 생트집이라는 걸 알 수 있다.

"거기다 밥은 이게 무어냐. 마치 바닷가의 모래를 씹는 듯하구나."

나는 지금 막 지어 김이 모락모락 나는 흰 쌀밥을 한 입 떠먹어 보았다. 고슬고슬하고 착착 달라붙는 게 정말 잘 된 밥이다. 그 증거로 랑이는 자기 볼에 밥풀이 묻어 있는 것도 모르고 호호 입김을 불면서 우걱우걱 먹고 있다.

"그리고……."

냥이가 또 생트집을 잡으려고 하기에 내가 먼저 선수를 쳤다.

"너, 나한테 불만 있냐?"

난 랑이와 냥이가 쌍둥이라는 것을 가끔 부정하게 된다. 같은 얼굴인데 어떻게 하면 저렇게 짜증 날 수 있는 미소를 지을 수 있지?

"난 단지 입맛에 맞지 않다고 하는 것이니라. 그런데 네놈은 이런 게 맛있다고 생각하다니……. 네놈의 생활이 눈에 보여 눈물이 흐르는구나."

……우와. 이렇게 대 놓고 무시를 당하다니. 나도 물론 내 음식 솜씨를 알고 있다. 세희와 나래, 치이와 비교해 보면 뒤떨어지는 것이 사실이긴 하다. 하지만 적어도 저런 소리를 들을 정도는 아니라고! 내가 막 화를 내려는 순간.

"으아암?"

랑이가 숟가락을 입에 물고서 냥이를 바라보았다.

"왜 그러느냐, 검둥아. 입맛에 맞지 않느냐?"

"그렇느니라. 저놈이 자신만만하게 말해서 한번 시켜 보았건만……. 쯧."

일부러 혀 차지 마!! 네가 혀를 찬 음식을 지금 한 마디의 말도 없이, 주위의 분위기에 신경 쓰지 않고 맛있게 먹고 있는 바둑이에게도 사과해!

"으음……. 성훈이가 요리를 썩 잘하는 것은 아니니까 말이니라."

뭐……라고?

냥이가 승리자의 미소를 짓는 것과 동시에 나는 그대로 굳어 버렸다. 발밑이 무너져 내리고 천 길 낭떠러지로 떨어지는 기분이 든다.

"검둥이하고 세희하고 나래하고 치이와 비교해 보면 분명히 맛은 좀 떨어지니라."

아, 알고 있는 사실이지만 그것을 랑이의 입을 통해 들으니 느낌이 다르다. 순진하게 거짓 없이 자신의 생각을 전하는 랑이이기에 그 누구보다 잔인해질 수 있는 법. 나는 갑자기 부엌으로 가고 싶어졌다. 관리가 잘 된 부엌칼이라면 내 목을 따는 것 정도는 쉽겠지.

"핫! 네놈도 들었느냐? 흰둥이의……."

"하지만."

랑이가 냥이의 말을 끊었다. 나는 고개를 들어 랑이를 보았다. 랑이는 홍조가 든 뺨을 숨기지 않고서 자신의 진심을 나와 냥이에게 전했다.

"하지만 그 누구보다 먹는 이를 사랑하는 마음이 가득 차 있는 음식이니라. 그래서 나는 성훈이가 해 준 이 음식들이 그 누가 해 주는 것보다 정말정말 맛있다고 생각하느니라."

듣는 내 얼굴이 화악 달아올랐다. 가슴이 두근두근 뛴다. 그 말에 나는 랑이에게 또다시 반해 버린 것 같다.

동시에 '어떠냐?!' 라는 심정으로 의기양양하게 냥이를 보았다.

"으……."

이상하다? 왜 냥이가 얼굴을 붉히고 소금 기둥이 되어 있지? 랑이가 너무 낯부끄러운 소리를 해서 그런가? 저래서야 놀릴 수도 없겠네. 랑이 덕분에 화도 풀렸겠다, 나도 밥이나 먹자.

"네, 네놈은 나에게도 수작을 걸려는 것이느냐?!"

……뭐래. 나는 일단 입 안이 가득 차서 딴죽을 거는 건 뒤로 미루었다.

"어, 어쩐지 이상하게 내게 칭찬을 많이 한다 했더니, 그런 속셈이었구나! 세희, 그 사악한 것의 사주이느냐!"

꿀꺽. 이제 저 말도 안 되는 소리를 반박해 볼까.

"밥 잘 먹고 흰소리냐."

"희, 흰둥이가 그러지 않았느냐?!"

그러고서는 입을 다물고 몸을 부들부들 떤다. 내 주위에 있는 머리 좋은 애들은 이야기를 생략해서 말하는 경향이 있는 것 같다. 너희들은 A라면 B가 바로 이어지겠지만 나는 그런 것도 생각을 해 봐야 한다고. 그래서 나는 냥이의 말을 이해하는 데 조금 시간이 걸렸다.

응. 그렇군. 랑이 때문이구나. 사건의 주모자는 자기가 할 말은 다 했다는 듯 다시 위장을 채우는 데 전념하고 있는데 왜 내가 뒷수습을 해야 하는 걸까.

"그런 뜻이 아니다, 멍청아. 밥이나 먹어라."

나는 냥이가 뭐라고 하든지 말든지 신경 쓰지 않고 밥을 먹었다. 너무 식으면 맛이 없으니까.

설거지는 가희가 맡았다. 덕분에 나는 포만감을 느끼며 벽난로 앞 의자에 앉아서 안락한 여가 시간을 보내는 아저씨와 같은 경험을 할 수 있었다. 의자에 등받이나 팔 받침대가 없는 게 조금 아쉽군. 하지만 랑이에게는 다행이었다. 랑이는 내 옆에 의자를 두 개 끌고 와서는 나란히 놓고 그 위에 누워서는 내 허벅지 위에 머리를 눕혔거든. 나는 아무 말 없이 랑이의 머리를 쓰다듬어 주었다. 랑이는 귀를 움찔하고서는 그대로 눈을 감았다. 꼬리가 가끔씩 흔들흔들하는 걸 봐서 잠든 것 같지는 않지만 그것도 시간문제겠지. 내 예상인데 5분 안에 잠들 거다.

"……."

"……뭐."

그리고 냥이가 불만을 터트리는 것도 시간문제인 것 같다. 냥이는 뭐가 그리 기분 나쁜지 인상을 찌푸리고서 털을 부풀린 채 나와 벽난로 사이에 섰다. 그게 또 절묘하게 랑이에게 가는 온기를 가리지는 않는다. 다시 말해, 나는 반은 따듯하고 반은 싸늘한 상황에 처했다는 거지.

"상당히 느긋하게 보이는구나."

"맹수도 배가 부를 때는 늘어지잖아."

"내일 잡아먹어도 될 돼지 같은 녀석이 하는 말로는 어울리지 않는다."

……남이 신경 쓰고 있는 부분을! 하지만 지금의 나는 포만감과 랑이를 쓰다듬어 주고 있다는 행복감 때문에 이 정도의 도발은 손쉽게 넘길 수가 있다.

"그래서, 뭔데?"

"아직 못 다한 이야기가 있지 않느냐."

난 잠시 기억의 창고를 뒤졌다. 내가 밥 먹기 전에 이 녀석하고 무슨 이야기를 하고 있었더라?

……모르겠습니다. 아니, 정확히는 화제가 언급되지 못한 채 이야기가 끝나서 모르겠다.

"있었냐?"

냥이가 욱하고는 뭔가를 내뱉으려다가 이내 숨을 들이마시고는 내뱉었다.

"있었느니라. 그러니 잠시 장소를 옮기는 게 좋겠느니라."

밥 먹기 전에 무슨 이야기를 했는지는 모르겠지만 이 녀석이 무슨 이야기를 할지는 대충 예상이 된다. 지금이라면 둘 다 배도 부르고 그 화제를 입에 담는 것도 그리 나쁘지 않을 것 같다. 하지만 한 가지 문제가 있다. 나는 시선을 돌려 랑이를 바라보았다. 스읍스읍, 호흡이 안정된 것을 봐서 이미 잠에 든 것 같다.

"꼼짝도 못하겠는데."

"……기다리거라."

그러고서는…….

냥이가 어깨를 흔들어 랑이를 깨웠다! 저 여동생 바보 언니가!

"흰둥아, 흰둥아. 일어나거라."

"으……응?"

지금 막 잠에 들었었는지 랑이는 금세 반응했다. 그에 반해 잠긴 눈꺼풀은 천근만근 무거운지 쉽게 눈을 뜨지 못했지만.

"이런 곳에서 자면 감기 걸리느니라. 방에 들어가서 자거라."

"괘, 괜찮으니라~"

일어나는 것 자체가 귀찮은 것 같다. 냥이가 나를 매섭게 노려본다.

"왜."

"우리 흰둥이가 아무리 눈에 넣어도 아프지 않을 만큼 귀엽다고는 하나, 기본적인 건 지키도록 교육시켜야 하지 않느냐. 도대체 얼마나 응석을 받아 줬으면 흰둥이가 이리 버릇없이 된 것이느냐. 적어도 예전에는 이러지 않았느니라."

중증의 시스콤 환자답지 않은 의외의 말에 나는 조금 당황했지만, 이내 이것이 적반하장이라는 것을 깨달았다.

"넌 지금까지 뭐했는데?"

냥이가 나를 비웃는다.

"왕이 되었는데도 그런 소리를 하느냐."

……아. 그런가. 내가 잘못 생각했구나. 내가 세희가 페이와 함께 나누어서 하는 일들을 냥이는 혼자 해냈다. 랑이를 위해서. 세희마저 한 달 만에 불평을 터트린, 이게 정말로 힘들어

서 못해 먹겠다는 건 아니었지만, 그 과중한 업무를 5천 년 동안 넘게 해 온 것이 냥이다. 그런 냥이에게 조금 전에 한 말은 해서는 안 될 말이었다.

……하지만, 그래도 이 녀석에게는 이런 진지한 일에 밀접하게 관련된 상황에서는 사과하고 싶지 않다. 감정적인 문제지. 그래도 그냥 넘어가는 건 양심에 걸리기에 나는 다른 방법으로 사과했다.

"그러네. 하긴, 왕이 되고 나서 안 건데 너 진짜 대단하더라. 어떻게 그 많은 걸 혼자서 했냐?"

"흐, 흥! 칭찬해도 아무 소용없느니라!"

이번에는 칭찬한 게 맞으니까 넘어가자. 나는 얼굴을 붉히고서 귀를 만지작거리는 냥이에게 말했다.

"그래서 어떻게 할 거야?"

나는 다시 잠들어 버린 랑이를 손가락으로 가리켰다.

"어쩔 수 없지 않느냐. 동생의 응석을 받아 주는 것이 언니의 역할이니."

냥이는 한숨을 쉬더니 안주머니에 손을 집어넣어 부적을 꺼내 허공에 던졌다. 그러자 부적은 이불로 변하더니 랑이를 감싸 안고서는 허공에 붕 떴다. 그러고서 이불에 둘러싸인 랑이가 방문 쪽으로 날아간다.

……문은 어떻게 하려고? 요술로 열 생각이냐?

그런 내 생각을 비웃듯이 가희가 방문을 열었다. 아날로그로군.

"이제 되었느냐."

변명하겠다.

나는 지금 냥이를, 착한 일을 하고 칭찬을 해 주기를 기다리는 랑이와 겹쳐 보았다. 그게, 머리카락 색하고 옷차림은 다르지만 생긴 건 똑같은 데다가 평소에는 날이 선 느낌 때문에 비슷해 보이지 않지만 지금은 그런 게 없었다고.

변명이 길어졌군. 이렇게까지 말하며 합리화시키고 싶었던 내 행동이 무엇이었냐면, 나도 모르게 이렇게 말하며 냥이의 머리를 쓰다듬었다는 것이다.

"그래, 잘했다."

"……."

그 사실을 깨달은 나와, 머리를 쓰다듬어진 냥이는 그대로 굳어 버렸다.

"……."

"……."

둘 다 상황을 제대로 받아들이지 못하는 시간이 길어졌다. 아니, 내 경우에는 상황의 파악은 되는데 대처법이 떠오르지 않아서 절찬리 현실 도피 중이지.

"……뭐 하는 짓거리냐."

냥이의 음산한 목소리에 정신이 돌아왔다. 나는 급하게 손을 떼고서 어색하게 웃으며 갈 곳 없어진 손으로 뒤통수를 긁었다.

"하, 하하하하……."

여기서의 짤막 상식. 호랑이의 매서운 눈빛을 받으면 사고가 하늘로 날아가고 몸이 굳어 버립니다.

"……미안."

냥이는 손을 들어서 자신의 머리를 정돈하고 나서 사납게 말했다.

"네놈이 드디어 쌈장과 된장도 구분 못 하게 된 것이구나."

누가 쌈장이고 누가 된장일까. 이런 상황에서도 헛소리를 하는 나는 과연 제정신일까. 그런 생각을 하면서 나오는 말이 제대로 된 것일 리가 없다.

"미안. 랑이하고 헷갈렸다."

"……흥. 털색이 다른데 그게 말이 된다고 생각하느냐."

사실이 그렇습니다.

"하지만 너, 생긴 건 랑이하고 똑같잖아."

냥이가 꼬리를 바짝 세웠다.

"내가 언니이니라. 흰둥이가 날 닮은 것이지 내가 흰둥이를 닮은 것이 아니니라."

나는 외동이라 모르겠지만 자매나 형제간에는 이런 무의미한 자존심 같은 게 있을 수도 있겠지. 어찌되었건 운 좋게 내가 한 실수를 잘 넘어간 것 같다. 여기다 쐐기를 박자.

"그건 그렇고 하고 싶은 말이 뭔데?"

"흰둥이가 귀여운 것은 내 덕이 크다는 말이니라. 물론 흰둥이의 귀여움은 그 외면이 아니라 내면에 기인한 것이지만."

……아니요. 제가 지금 물어본 건 그게 아닌데요. 내가 물은

건 날 찾아와서 하고 싶었던 이야기가 무엇인지에 대한 거였다고.

어이없어서 아무 말도 못 하고 있자 냥이도 그 사실을 곧 깨달은 것 같다.

"……크흠!"

한눈에 알 수 있을 정도로 냥이가 얼굴을 새빨갛게 물들이고서는 내게 소리쳤다.

"네놈이 이상한 소리를 해서 헷갈리지 않느냐?!"

그게 왜 내 잘못이냐고 따지고 싶었지만 먼저 실수를 한 것도 있으니까 넘어가자.

"알았어. 미안하다. 그래서 아까부터 하고 싶었던 이야기가 뭔데?"

먼저 사과까지 했지만 냥이는 나를 불태워 죽일 것 같은 눈을 거두지 않았다. 랑이처럼 눈에서 빔이 나오는 건 아니겠지. 아마 못 하겠지만.

"흥!"

냥이는 콧김을 내쉬고서는 조금 전까지 랑이가 앉아 있던 의자에 앉았다. 물론 한 칸 떨어진 곳이지. 그러자 어디선가 가희가 차와 과자를 내왔다. 냥이는 아무 말 없이 차를 마셨고 나는 고개를 끄덕여 고맙다는 뜻을 전했다. 그런데 이 녀석은 랑이하고 다르게 뜨거운 것도 잘 먹네.

잠시 차와 과자를 먹는 소리와 벽난로에서 장작이 타들어가는 소리만이 산장 안을 가득 채웠다.

"나를 설득하러 찾아왔다면 쓸데없는 노력 따위 하지 말고 내일 당장 돌아가는 것이 좋을 것이니라."

그리고 냥이는 시작부터 절정이었다. 그렇다면 나도 거기에 맞춰 줘야겠지.

"싫은데?"

나는 일부러 능글맞게 말했다.

"말했잖아. 난 지금 휴가를 즐기는 김에 랑이하고 네 문제도 해결하려고 여기 왔다고. 그리고 랑이와 네 문제가 해결된 지금, 나는 가능한 이 휴가를 즐길 생각뿐이다. 너를 설득하는 건 겸사겸사, 되면 좋고 안 되면 마는 수준이야."

"그걸 내가 믿을 것 같으냐."

"당연히 믿지 않겠지."

거짓말이니까. 하지만 현재로서는 휴가를 즐길 생각뿐이라는 건 사실 맞다. 어차피 모든 준비가 끝나지 않으면 나는 할 수 있는 게 없으니까.

"내 입장에서는 네가 내 제안을 받아들여 준다면 그만큼 좋은 일이 없지. 하지만 오해하지 마. 그렇다고 해서 나한테 반드시 너를 설득해야 할 필요가 있는 건 아니야."

냥이의 눈동자에 이채가 돌았다.

"여전히 허세가 대단하구나."

"허세가 아니다."

이건 진심이다. 물론 나에게 있어 최선은 이 녀석을 설득해서 왕의 업무를 맡겨 버리는 것이다. 하지만 세상이라는 것이 그렇게 나 좋을 대로 흘러갈 리가 없는 법. 그래서 나는 그렇게 되지 않을 경우까지 상정해 두고 있다.

언제까지 그 따위로 살 수는 없잖아? 하하하하하하.

표정을 숨기지 못한다는 것은 이럴 때 꽤 좋다. 내가 진심이라는 것을 알기 쉬우니까.

"……호오."

"내가 너를 설득하러 왔다고 생각하는 건 좋아. 그것도 사실은 사실이니까. 하지만 네 이야기만 꺼내면 침울해져서 땅만 파는 랑이가 안쓰러워서 왔다고 생각하는 게 더 진실에 가까울 거다. 그리고 지금은 휴가를 즐길 생각으로 가득이지."

"지금은 말이지."

냥이가 나를 비웃었다.

"은근슬쩍 넘어가려고 하는구나. 결국 나를 설득하긴 할 거라는 말과 뭐가 다르냐?"

나는 당당하게 말했다.

"이왕 하는 거 최선의 결과를 내고 싶어 하는 게 뭐가 나쁘지?"

냥이가 눈을 가늘게 뜨며 나를 탐색한다.

"네놈, 조금 달라졌구나."

"그래? 난 잘 모르겠는데."

그날. 내 안의 뭔가가 비틀어져 버렸을 수도 있지만 나 자신은 그걸 잘 모르겠다.

"다시 돌아와서, 네가 집으로 돌아가라고 하든 말든 난 한

동안 여기에 있을 거다."

"거절하느니라."

그렇게 나올 줄 알고 있었다. 하지만 나도 빈손으로 온 건 아니란 말이지.

"그런 말은 랑이에게 해라."

"역시 그렇게 나왔느냐."

냥이도 짐작은 하고 있었겠지.

"네놈이 그런다 해서 내가 못 할 것 같으냐? 아니, 그럴 필요도 없겠지. 내가 떠나면 되는 일이니."

그 말을 지금 당장 실천하겠다는 듯이 냥이가 의자에서 일어난다.

"앉아라."

"내가 네 말을 들을 이유가 있느냐?"

"있다."

입가가 저절로 올라가는 게 느껴진다.

"네가 떠나면 나는 랑이에게 온갖 방법을 다 써서 네가 자신을 미워해서 떠났다고 생각하도록 만들 거니까."

그 순간.

냥이의 발이 내 사타구니를 밟는 것과 동시에 부적이 내 목에 닿았다. 따끔한 통증과 함께 목을 타고 핏물이 흘러내리며 저릿한 통증이 척추를 타고 올라온다. 냥이는 지금 당장이라도 나를 잡아먹을 듯한 기백을 내뿜으며 이를 드러냈다.

"이것이 지금 누구 앞에서 그딴 소리를 지껄이느냐!"

나는 통증과 공포를 억누르며 말했다.

"무섭냐? 랑이가 널 그렇게 생각하는 게?"

"웃기지 말거라! 흰둥이가 그렇게 생각할 리가 없지 않느냐?!"

"말로는 사랑한다, 아낀다, 무슨 말을 못 하겠냐? 하지만 현실은 자신을 놔두고 떠나 버린 매정한 언니란 말이지. 시간을 들여서 세뇌시키면 침울해진 랑이는 결국 내 말을 믿는 걸로 현실 도피를 하게 될걸? 검둥이가 날 미워하고 얼굴도 보기 싫어서 몰래 떠났구나, 하고."

"네놈이 지금 죽고 싶어서 환장했구나!"

그대로 돌려주자.

"허세가 대단하네. 죽일 수도 없으면서."

냥이는 무슨 일이 있어도 나를 해칠 수 없다. 그 사실을 알고 있기에 나는 냥이에게 겁을 먹지 않을 수 있다.

"그에 한하는 고통을 줄 수는 있느니라. 네놈이 고자가 된다 하더라도 요술로 고치는 건 일도 아니니까!"

냥이의 발에 힘이 들어간다. 남성으로서 중요한 부분이 짓눌리며 드는 본능적인 공포에 소름이 돋았지만 이성만은 내 입을 멋대로 움직였다.

"해 봐. 내 입을 막을 자신이 있다면 말이야."

"크윽!"

냥이의 단 하나의 약점이라면 랑이를 너무 사랑한다는 것이다. 그리고 나보다 그 약점을 집요하게 노릴 수 있는 사람은 세상에 존재하지 않지. 냥이는 이를 악물고서 움직이지 못했기에 내가 대신 해야 할 일을 해 줬다. 나는 냥이의 팔을 밀었다. 냥이가 떨어졌다.

강 씨 집안의 대를 지켰다.

"앉아라."

"네놈이 이러고도 무사할 것 같으냐."

"무사하지 않으면 뭐 어떻게 되는데?"

"나를 화나게 만들고서 천수를 누린 자가 세상에 없느니라."

"내가 처음이 되겠네."

으르렁거리는 냥이를 보고 있자니 뭔가 내가 악당이 된 기분이다. 그게 마음에 안 들어서 나는 어깨를 으쓱하며 주위를 환기시켰다.

"뭐, 말이 그렇다는 거니까 협박은 이제 그만해라. 다시 말하지만 나는 휴가를 즐기러 온 거니까 좀 쉬고 싶거든요."

"……흥. 좋다."

냥이는 끝까지 의자에 앉지 않았다.

"두고 보거라. 네놈의 그 말, 후회하게 해 주겠느니라! 내가 흰둥이 하나 설득하지 못할 것 같으냐."

"마음대로 하세요."

나와 냥이는 의미 없는 눈싸움을 하다가 이내 약속이라도 한 듯이 시선을 돌렸다.

"할 이야기는 모두 끝난 것 같구나."

"그래."

나는 고개를 끄덕였다. 덕분에 상처가 다시 벌어졌는지 목이 아프다.

"아, 그런데 혹시 반창고 있냐?"

냥이는 내 의도를 한 번에 눈치챘다.

"그런 걸 했다가는 내가 네놈에게 상처를 입혔다는 것을 들키지 않느냐."

"사실이잖아."

"……입 닥치고 고개나 들고 있거라. 내가 알아서 해 줄 테니까."

뭘 알아서 해 준다는 건지 모르겠지만 나는 일단 냥이의 말에 따랐다. 산장의 천장은 조금 높구나. 이런 걸 생각하는데 시야의 아래쪽으로 검은 게 다가오는 게 보인다.

"야, 너 뭘…… 윽?"

고개를 든 채 입을 연 순간. 냥이의 입술이 내 목을 덮쳤다.

"히익?"

거기까지라면 내가 이런 이상한 소리를 안 냈겠지. 냥이는 입을 벌려 내 목을 문 것으로 모자라 혀로 내 상처 부위를 핥았다. 순간적으로 지금 내 목에 난 상처를 낫게 해 주려고 하는 짓이라는 걸 깨달았지만 그에 따른 의문도 떠올랐다. 그냥 요술로 낫게 해 주면 되는 거잖아? 거기다, 이 녀석. 왜 이렇게 핥는 걸 잘해? 간지러운 것도 간지러운 거지만 따듯하면서 점성이 있는 액체가 피부에 닿는 것과 그 위를 부드러운 혓바닥이 핥는 느낌이 뭔가 말로 형용할 수 없는, 아니, 말로 표현할 수는 있지만 그 순간 내 발목에 최첨단 전자 기구를 달게 될 것 같아서 말 못 할 것 같다! 그리고 지금 나는 말보다 행동이 먼저여야 해!

"비, 비켜!"

나는 냥이의 어깨를 잡고서 뒤로 밀쳤다. 냥이는 의외로 쉽게 떨어졌다. 내가 목을 손바닥으로 만지며 상처가 사라진 것을 느낀 것과 동시에.

"퉤엣!"

냥이가 바닥에 침을 뱉었다.

"더럽구나."

그러면 핥지를 말든가! 그리고 집 안에서 침 뱉지 마! 지금 네 밑에서 걸레 가지고 바닥을 닦는 가희가 불쌍하지도 않냐?! 이런 생각들은 입을 통해 나오지 않았다.

"이제 상처도 없어졌으니 되었지 않느냐."

냥이가 기분 나쁜 미소를 지었거든.

"너, 나한테 무슨 짓을 한 거야."

"상처를 치료해 주었느니라."

이 녀석은 나를 해치지 않는다. 지금 한 행동도 단순히 치료를 목적으로 한 행동일 수도 있다.

"요술 쓰면 되잖아?!"

"……준비를 해 두지 않았느니라. 네놈에게 손을 대는 것은 예상외의 행동이었으니."

"무슨 준비?"

냥이는 흥, 하고 코웃음을 치더니 몸을 돌렸다.

"너와는 상관없는 이야기니라. 어쨌든, 날도 저물었으니 나는 잠자리에 들겠느니라. 가희, 저놈은 네게 맡기마. 저놈이 감기라도 걸렸다가는 흰둥이 녀석이 무슨 짓을 할지 모르니 알아서 잘 신경 써 주거라."

"알겠습니다, 주인님. 랑이 님과 즐거운 밤이 되시기를."

냥이는 내가 뭐라고 할 시간도 주지 않고 랑이가 잠든 방 안으로 들어갔다.

다음 날 아침.

"크흠!"

잠에서 덜 깬 랑이의 배를 만지작거리며 놀고 있자니 냥이가 헛기침과 함께 주위를 환기시켰다.

"감기 걸렸느냐?"

랑이는 다르게 받아들였지만. 자신을 걱정해 주는 랑이가 고마웠는지 냥이의 입가에 미소가 걸렸지만 이내 고개를 흔들고서는 일부러 굳은 표정을 지었다.

"그것보다……."

"정말로 감기 걸렸느냐?!"

냥이가 이야기를 돌리려고 하는 걸 다른 의미로 받아들인 것 같다. 냥이는 이대로 가면 이야기 자체를 할 수 없다는 걸 깨달았는지 낮게 한숨을 쉬고서는, 자신을 걱정해 주는 랑이의 볼을 쓰다듬었다.

"안 걸렸느니라. 나는 건강하니 걱정하지 말거라."

랑이가 가슴에 손을 올리고서 안도의 한숨을 내쉰다.

"휴우~ 다행이니라. 검둥이는 몸이 약하니 더욱 조심해야 하느니라."

저 녀석은 좀 더 약해도 괜찮지 않을까.

"내 건강은 내가 챙기느니라. 그것보다 지금은 네게 중요한 할 말이 있느니라."

"으냐앙?"

진지해진 냥이 때문에 랑이가 고개를 갸웃거리며 머리카락으로 물음표를 만든다. 치유된다, 치유돼. 순수한 랑이를 보다 보면 마음 안에 있는 독기가 빠져나가는 느낌이 든다니까.

"흰둥아."

"응."

냥이는 잠시 눈을 감았다. 저 녀석이 무슨 말을 하려는지 알고 있는 나는, 저게 마음의 각오를 다지는 행동이라는 것을 알 수 있었다. 냥이가 눈을 떴을 때 그 눈동자에는 굳은 각오가 엿보였다.

냥이가 말했다.

"이제 그만 너희 집으로 돌아가거라."

랑이는 즉답했다.

"싫으니라."

랑이가 이렇게 단칼에 거부할 거라고는 상상도 하지 못했는지 냥이는 놀란 기색이 역력하다. 하지만 이내 마음을 다잡고 다시 말했다.

"잠깐……."

"잠깐이고 뭐고 싫으니라."

랑이가 냥이의 말을 단칼에 잘랐다.

"나는 검둥이만큼 똑똑하지 못해서 말로는 잘 설명을 못 하겠느니라. 하지만 싫은 건 싫은 것이니라. 나는 검둥이와 같이 있고 싶으니라. 그래서 거절할 것이니라. 검둥이는 나와 같이 있는 것이 싫으느냐? 그래서 나보고 떠나라고 하는 것이느냐?"

나는 냥이가 입을 악무는 것을 보았다. 눈동자가 감정에 일렁이는 것을 볼 수 있었다. 주먹이 쥐어지는 것을 볼 수 있었다. 감정의 폭풍이 가라앉는 데는 천하의 냥이라고 해도 시간이 걸렸다.

"그럴…… 리가 없지 않느냐."

냥이는 힘들게 입을 떼었다.

"하지만 흰둥아. 나는 너를 위해서 이곳을 떠나라 하는 것이니……."

랑이가 고개를 흔드는 것을 보고 냥이가 입을 다물었다.

랑이가 말했다.

"그런 것은 모르느니라. 아니, 이제 싫으니라. 좋으면 같이 있는 거고 싫으면 내가 떠나는 것이니라. 좋아하면서 떨어지는 것은, 그런 실수는 이제 두 번 다시 하지 않을 것이니라."

나는 랑이가 왜 저런 말을 하는지 알고 있다. 그건 냥이 또한 마찬가지.

"지금까지 내가 검둥이를 만나러 오지 않은 것은 혹시라도 나를 미워할지 무서워서 그랬던 것이니라. 하나뿐인 언니한테 정말로 거절당할 수도 있다는 게 무서웠기 때문이니라. 하지만 어제 검둥이가 그런 일은 없을 것이라 말해 줬느니라. 그러니까 나는 검둥이와도 같이 있을 것이니라. 그게 싫다면 내게 말하거라. 검둥이는 흰둥이가 싫다고 내게 말하거라. 그러면……."

랑이는 주먹을 꼬옥 쥐고 냥이를 향해 울 것 같은 목소리로 말했다.

"그러면 슬퍼도, 마음이 아파도, 나는 돌아갈 것이니라. 울음을 꾹 참고 떠날 것이니라. 그래도, 그래도 다시 찾아오겠지만, 그래도……."

랑이는 마저 말을 잇지 못했다. 그런 랑이를 바라보며 냥이가 싫은 한숨을 쉬었다.

"하아……."

냥이가 고개를 들었다. 산장의 천장이 아닌, 그 너머의 것을 보는 눈빛이다. 잠시 후. 냥이가 고개를 숙였을 때 바라본 것은 랑이가 아닌 나였다. 그 시선에는 나에 대한 원망과 분노가 가득했다.

나도 안다. 랑이가 저런 말을 할 수 있는 것은 내가 했던 일 때문이라는 것을. 그래서 나는 씨익 웃어 주며 혀까지 내밀어 냥이를 있는 힘껏 골려 주었다. 사람은 기회가 오면 놓치지 말아야 한답니다. 냥이가 울컥했지만 지금은 눈앞의 랑이를 달래는 게 먼저라고 생각한 것 같다.

"……알겠느니라. 그러니까 그런 말 말거라. 나도 더 이상 떠나라는 말을 안 할 테니 한동안 이곳에 머물러도 좋으니라."

나와 랑이는 같은 말을 들었지만 생각하는 게 전혀 달랐다.

"정말이느냐!"

랑이가 환하게 웃으며 냥이를 끌어안았다. 그 포옹이 싫지 않은지 냥이는 자연스러운 미소를 지으며 랑이의 머리를 쓰다듬었다.

……자. 이제 사전 준비는 끝난 것 같다. 이제 남은 건 나래가 언제 내 부탁을 들어줄 것인가와 세희가 언제 내게 도움이 될 물건을 보내 줄까, 그 두 가지다. 그럼 그 때까지 느긋하게 휴가를 즐겨 볼까.

네 번째 이야기

아침부터 난리가 났었지만 의외로 그 후에는 별일이 없었다.

"검둥아!"

랑이가 냥이를 가만히 두지 않았으니까.

"나랑 눈사람 만들자꾸나!"

눈사람이라. 어렸을 때 사촌 동생들하고 같이 만든 눈사람이 떠올랐다. 한 마리의 짐승 같았던 나는 사촌 동생들이 열심히 만든 눈사람을 발차기로 박살 냈었지. 나는 이모에게 박살 났고.

딸들을 울리면 아무리 인자한 이모라도 진심으로 화를 낸다는 것을 알 수 있는 좋은 경험이었다.

어쨌든 나는 그때나 지금이나 눈사람을 만드는 건 그다지 좋아하지 않는다.

"눈사람?"

"그러하느니라!"

랑이는 햇빛을 받은 눈처럼 눈을 반짝반짝 빛냈지만 그에 비해 냥이는 어딘가 심드렁한 것처럼 보였다. 저 녀석이 어려 보이긴 해도 정신 연령은 높으니까. 하지만 내가 그런 기색을 읽을 수 있었던 건 정말 순간이었다.

"좋으니라. 그 전에 혹시 모르니 따듯하게 입어야 하느니라."

"응!"

랑이가 고개를 끄덕이자 냥이가 머리카락을 한 올 뽑았다. 저거로 호랑이라도 만들려나, 싶었는데 냥이가 한 번 손을 흔들자 머리카락은 두꺼운 패딩과 목도리로 변했다. 오, 대단한데? 하지만 검은색인 게 조금 마음에 들지 않네. 그런 생각을 하고 있는데 랑이가 내게 다가왔다.

……잠깐, 이 흐름은!

"성훈아! 성훈이도 같이 가자꾸나!"

……지금의 내 표정은 조금 전의 냥이와 똑같겠지. 하지만 랑이가 같이 놀자고 하는데 거절을 할 수 있을 리가 없다.

"나야 괜찮은데 일단 옷이……."

"전하. 전하의 외출복을 준비해 두었습니다."

낯선 창귀에게서 익숙한 창귀의 향기가 느껴진다.

나는 가희가 들고 온 패딩을 일단 받아 들었다. 고개를 돌리니 내가 거절할 거라는 생각은 자신의 미운털만큼도 없이 기대하고 있는 랑이가 있다. 그런데 내가 이 말 말고 또 무슨 말을 할 수 있을까.

"가자."

"응!"

여기가 도대체 어딘지는 모르겠지만 해가 떠 있어서 그런지 아니면 원래 날씨가 이런지, 사방이 흰색인데도 의외로 추운 날씨는 아니었다.

그러니까 이런 옷을 입고 몸을 움직이면 조금 더워진다는 거다. 나는 패딩의 지퍼를 내렸다. 하얀 김이 나오는구나. 그렇다고 벗었다가는 분명 감기에 걸리겠지. 이럴 때는 평소와 같은 옷차림으로 눈밭을 데굴데굴 구르며 스스로 눈 강아지가 되고 있는 바둑이의 체력이 부럽다.

내가 이런 세상에 찌든 어른 같은 소리를 하고 있는 동안에도,

"읏차, 읏차."

랑이는 열심히 눈을 굴렸다. 처음에는 주먹만 했던 눈덩이는 어느새 내 허벅지 높이까지 올 정도로 커져 있었다. 랑이는 저리 열심인데 나는 뭐하냐고? 난 이미 그 위에 올릴 작은 눈덩이를 만들고서 조금 쉬고 있지.

……그런데.

"넌 뭐하냐."

"뭐가 말이느냐."

냥이는 처음부터 지금까지 후드를 뒤집어쓰고 가만히 있었다.

"눈사람 만들려고 나온 거 아니야?"

“이 나이 먹고 눈사람 같은 걸 직접 만들 것 같으냐.”

……우와. 외모에 안 맞네. 어딜 봐도 어린아이 같으면서 말이야.

“나는 오히려 네놈이 이상하느니라. 그 나이 먹고 눈사람이라니, 우습구나.”

도발이군.

“랑이가 같이 만들자고 해서 한 거다. 나야말로 여동생 러브러브인 네가 같이 안 만드는 게 이상한데?”

“훗.”

뭘 그리 잘난 듯이 웃냐.

“내가 이런 걸 싫어한다는 것은 흰둥이도 알고 있느니라. 그렇기에 그저 같이 나와서 옆에 있어 주는 것만으로 만족해 주는 것이니라. 하지만 흰둥이와 네놈은 아직 그 정도의 관계는 아닌 것 같구나.”

이놈 봐라? 꽤나 건방진 소리를 해서 나는 평소 이 녀석이 잘 쓰는 예시를 이용해서 되돌려 주기로 했다.

“처음 차린 밥상이 남편의 입맛에 딱 맞을 거라고 생각하는 새댁 같은 소리하고 있네.”

나름대로 좋은 예시라고 생각한다. 그런데 이상하게 냥이가 아무 말도 없다. 순간적으로 이곳에 오기 전에 세희가 개그 센스 없다고 했던 일이 떠오른다. 나는 장갑을 벗고 손을 호호 부는 랑이의 귀여운 모습을 포기하면서까지 슬쩍 냥이를 보았다.

냥이는 깜짝 놀란 듯이 입을 오~ 하고 벌린 채 나를 올려다 보고 있었다. 그런 표정을 랑이라면 모를까 냥이가 하고 있자니 뭔가 어색하다.

"왜, 왜 그러냐."

덕분에 말을 더듬고 말았다.

"아, 아니니라."

그제야 냥이는 입을 다물고 고개를 돌렸다. 그런데 나만 계속 보고 있는 것도 이상한 노릇이라 나도 다시 랑이한테 시선을 돌렸다.

"성훈아!"

마침 딱 좋게 랑이가 나를 불렀다.

"이제 올리기만 하면 되느니라!"

"어, 알았어."

그렇게 해서 만든 눈사람을 바라보니……. 내 안에 잠들어 있던 파괴 충동이 다시금 일어났다. 그건 아마도 옆에서 팔짱을 끼고서 있는 힘껏 '흥! 흥!' 거리며 기분 좋아하는 랑이 때문일 거다. 나도 아직 애라 이런 모습을 보면 장난을 치고 싶어진단 말이지. 하지만 그렇다고 어렸을 때처럼 눈사람을 박☆살 냈다가는 랑이가 울 테고, 랑이가 울면 냥이가 날 불태우겠지. 그러니까 이번에는 조금 다른 식으로 장난을 치기로 했다.

"어떠하느냐?! 우리가 함께 만든 눈사람이느냐아앗!"

냥이에게 자랑을 하던 랑이가 그 자리에서 펄쩍 뛰었다.

"흰둥아?!"

그렇게 천지가 개벽이라도 한 듯 놀라지 마라. 단순히 옷 사이에 눈을 조금 넣었을 뿐이니까.

"차갑다! 차갑다앗!"

랑이가 제자리에서 방방 뛰며 옷을 팔락팔락하는 걸 보고 있자니 장난을 치기 잘했다는 생각이 든다. 동영상으로 찍어 인터넷에 올려서 자랑하고 싶네.

"으~!"

지금은 그럴 때가 아니지만. 내가 장난을 쳤다는 걸 깨달은 랑이가 볼을 부풀리고서 전의에 불타는 눈을 내게 향했으니까.

"불시에 기습이라니 치사하느니라! 내가 먼저 하려고 했는데!"

……너도 생각은 있었냐. 하긴, 눈이 내리면 이런 장난은 누구나 다 치고 싶어지지.

"선수 필승이라는 거다."

"으냐앗! 그러면 나도 봐주지 않겠느니라."

그리고 랑이가 그 자리에 주저앉아 열심히 눈을 뭉친다.

……호랑이는 사냥의 전문가라고 들었는데 이 녀석은 왜 이리 빈틈투성이냐. 적 앞에서 주저앉아서 태평하게 영차영차 눈을 뭉치다니. 이곳은 이미 전장이라는 사실을 깨닫게 해 주기 위해 나는 눈을 한 웅큼 쥔 후 빈손으로 랑이의 옷을 잡아 들었다.

"……어?"

랑이가 머리카락으로 물음표를 만들며 고개를 든다. 호박색 눈동자와 시선이 마주쳤다. 어리둥절해하고 있는 랑이에게 나는 악마 같은 미소를 지어 주고서는 그대로 옷 속으로 눈덩이를 집어넣었다.

"으냐아아앗!!"

그대로 랑이가 높이높이 뛰었다. 이야~ 요즘 들어 랑이가 단순히 호랑이 귀와 꼬리가 난 어린아이처럼 보이곤 했는데 하늘을 날고 있는 모습을 보니 요괴처럼 보이는구나. 그렇게 잠시 있자니 하늘 구경을 하고 온 랑이가 쿵! 하고 땅에 떨어졌다. 그와 동시에.

푸아악!!

시간이 멈춘 듯 느리게 흘러가며 나는 랑이가 땅에 떨어진 곳을 중심으로 해서 사방으로 퍼지는 눈을 보았다. 아, 그러고 보니 과학 시간에서 위치 에너지라는 걸 배웠지.

시간이 다시 원래대로 흘러가는 것과 함께 눈 폭풍이 나를 덮쳤다.

"또 치사하게…… 응?"

힘껏 자신이 부당하게 당했던 일에 대한 분노를 터트리려고 한 랑이였으나.

"성훈아? 왜 눈사람이 되었느냐?"

눈을 있는 그대로 뒤집어쓴 내게 그런 말을 할 생각은 들지 않았나 보다.

"사필귀정. 모든 일은 반드시 옳은 일로 돌아간다는 말이 있느니라."

그 사이에 이 망할 녀석은 나를 방패로 삼아서 보신했구나.

어제는 구경만 했던 온천에 느긋하게 몸을 담근다. 으~. 좋구나~. 랑이가 풍덩 하고 들어갔던 곳인 만큼 물의 온도는 그렇게까지 높지 않다. 하지만 차가워진 몸을 녹이는 데는 충분했다. 지열하고 수증기 때문에 추운 것도 아니고, 느긋~하게 좀 쉬고 가자. 원래는 랑이도 같이 오려 했지만 나래보다 강한 냥이의 반대로 인해 그 꿈은 좌절되었다. 혹시 모를 산짐승의 위협이 있을 수 있다는 랑이의 핑계가, 자신의 영역에 들어올 만큼 간 큰 놈들이 있을 것 같냐는 말에 박살 났을 때의 표정이 슬펐지만 어쩔 수 없지. 그리고 오랜만에 목욕을 혼자 하는 것도 좀 끌렸고.

"……."

"……."

그런데 누구세요? 나는 갑자기 나타난 설원 위장복을 입은 괴인을 보고 할 말을 잃었다. 안면마스크에 고글, 거기다 후드까지 뒤집어써서 도대체 뭐하는 사람인지 짐작도 할 수 없었다.

"……꽤나 느긋하네?"

목소리를 듣는 순간 한 번에 알 수 있었지만.

"하, 하하하. 그, 그렇게 느긋하지만은 않습니다, 나래 님."

나래는 후드를 뒤로 넘기고 고글을 머리 위에 올리며 말했다.

"성훈아. 잘 생각해 봐. 애들 몰래 오느라 요술도 못 쓰고 고생해서 온 내가 지금의 널 보면 어떻게 생각할 것 같아?"

날카롭게 날이 서 있는 목소리에 나는 살기 위해 말했다.

"……온천, 따듯한데 들어올래?"

"성훈아."

물의 온도가 내려갔다.

"농담도 상황 봐서 해."

"……미안."

나는 그대로 있자니 너무 어색해져서 머리라도 긁었다.

"여기까지 오느라 고생 많았어."

"그게 가장 먼저 해야 할 말 아니야?"

아니지. 내가 나래를 본 다음 가장 먼저 해야 할 말은 다른 거다.

"사……."

"수작 부릴 생각하지 말고."

원천 봉쇄당했다. 그러면 어쩔 수 없이 화제를 돌릴 수밖에.

"그래서 부탁한 건 어떻게 됐어?"

"나름 잘됐어. 아마 금방 반응이 나올 거야. 그 때는 전화해 줄게."

생각보다 빠르구나. 나는 한 며칠은 더 놀 수 있을 거라고 생각했는데.

"그런데."

"응?"

나래가 말했다.

"정말 괜찮아?"

음……. 나래가 진지하게 물었으니 나도 진지하게 답해 줘야지.

"괜찮아. 나 혼자 있는 것도 아니고."

나래는 내 대답에 피식 웃고는 고글을 쓰고 후드를 다시 뒤집어썼다.

"그래. 어차피 나는 도매급이죠."

그냥 듣고 넘어갈 수 없는 말이다.

"제가 처음 반한 건 나래 님이십니다! 제 첫사랑이라고요!"

"……아, 예. 그러시군요. 알겠습니다."

영혼 없는 대답이다.

"그건 됐고 이거나 받아."

나는 나래가 던진 것을 공중에서 잡아챘다.

"세희가 부탁한 거야."

택배 기사가 나래였다!

"봉인 처리까지 끝냈다니까 냥이한테 들킬 일은 없을 거래."

나는 그것을 물가에 내놓은 바지 속에 집어넣고서 나래에게 말했다.

"고마워, 나래야. 사랑해."

"그러니까 수작 부리지 말라니까."

나래가 던진 눈덩이가 이내 물에 녹아들었다.

나래와 헤어지고 나서 산장에 돌아오니 랑이와 냥이는 보이지 않고 벽난로 앞에서 뜨개질을 하고 있는 가희만 있었다. 아마 산장 문을 열기 전부터 내가 근처에 왔다는 걸 알았을 테지만 내가 다가가자 그제야 인기척을 느꼈다는 듯 털실과 뜨개질바늘을 내려놓으며 말했다.

"다녀오셨어요, 전하."

"어, 응. 그런데 너밖에 없냐?"

"후훗, 이 집안에는 전하와 소첩, 둘뿐이에요."

듣기에 따라서 상대를 유혹하는 말로 들릴 수 있는……. 아니지. 이건 그냥 유혹하는 말이잖아.

"애들은? 놀러 갔어?"

"두 분께서는 스케이트를 타러 가셨죠."

오랜만에 만났다고 정말 신 나게 노는구나.

"그러니 전하께서는 이 기회에 소첩을 타시는 게 어떤가요?"

"아, 그냥 넘어가려고 하는데! 신경 쓰이니까 그만 좀 해라!"

"후훗, 경험이 없으신 것도 아니면서 그렇게 수줍어하실 필요는 없잖아요."

"없거든? 그런 경험 없거든?"

"그럴 리가요?"

가희가 놀라 한다. 그런데 어째 진심인 것 같다? 그게 그렇게 이상하냐?! 아, 왜! 없을 수도 있지! 내가 좀 남들이 보면 중세 시대 중동의 하렘 같은 생활을 하고 있기는 해도 실생활까지 그렇게 문란한 건 아니거든요?!

……나는 도대체 왜 이런 이야기까지 하면서 나 자신의 결백을 주장하는가.

모든 것이 허무해졌다.

"됐고, 어딘데?"

"안내할게요."

애들이 스케이트를 타고 있는 호수는 산장에서 그리 멀지 않은 곳에 있었다. 나무로 둘러싸인 축구 경기장만 한 크기의 호수가 단단하게 얼어 있고…… 그 위에서는 사이좋은 자매가 손을 잡고 빙판 위를 누비고 있었다. 그 옆에서는 바둑이가 네 발로 미끄러지듯 뛰어다니고 있는데……. 저런 모습이 어울리는 걸 보니 바둑이는 역시 바둑이인가 보다. 그리고 랑이는 저렇게 활발한 모습이 어울리지.

저 멀리서 랑이가 나를 봤는지 밝게 웃으며 이쪽을 향해 팔을 흔들었다. 나 역시 팔을 흔들어 화답해 주었는데 옆에 있는 냥이의 표정이 떫은 감을 먹은 것처럼 변한다. 야, 너한테 한 거 아니거든? 내게 손을 흔들어 주던 랑이는 이내 스윽스윽하고 빙판을 가르며 내 쪽으로 미끄러졌다.

덤으로 냥이도.

"성훈이도 같이 타겠느냐?"

여기서 잠깐.

나는 운동을 싫어하는 편은 아니다. 오히려 몸을 움직이는 걸 좋아하니까 운동도 좋아한다고 할 수 있겠지. 하지만 스케이트 같은 여러 가지 조건이 충족되어야 즐길 수 있는 건 이야기가 다르다.

첫째. 스케이트가 있거나 빌릴 수 있는 돈이 필요하다.

둘째. 스케이트장을 이용할 수 있는 돈이 필요하다.

그리고 우리 집은 불과 얼마 전까지 내가 허리띠를 졸라매어야 했던 가정 환경이었다. 그 가격이 천 원, 이천 원이든 돈이 들어가는 건 들어가는 거다. 없는 살림에 삼천 원이면 라면이 다섯 개다.

즉, 나는 스케이트가 싫다.

타 본 적이 없어서 랑이 앞에서 엉덩방아 찧고 난리를 칠 게 부끄러워서가 아니야! 좋아하는 여자애에게 좋은 모습만 보여 주고 싶어 하는 그런 자존심 때문도 아니야!

"아니, 괜찮아."

그러니까 거절하자. 랑이가 아쉬워하는 모습을 보인 것과 반대로 냥이는 한결 기분이 나아진 게 보인다.

"그보다 넌 이런 거 싫어하지 않았냐?"

"흰둥이가 탈 줄 모른다고 하니 어쩔 수 없지 않느냐."

……처음 탄 거로 안 보일 정도로 너무 잘 타던데. 고양잇과의 균형 감각 덕분인가.

사기다!

"그런 것 치고는 너도 꽤나 즐기는 것 같다?"

"흰둥이와 함께인데 무엇이 즐겁지 않겠느냐."

……그야 그렇지.

자, 그러면 나는 어떻게 할까. 애들이 무얼 하고 있는지 확인도 했으니 계획을 위해서 슬쩍 빠져 주는 게 좋겠지?

"랑이야."

"응!"

"잘 놀다가 너무 늦지 않게 들어와."

랑이가 물음표를 띄웠다.

"어? 같이 안 노는 것이느냐?"

나도 그러고 싶긴 하다. 하지만.

"방금 씻고 와서 그런지 몸이 좀 나른해서. 그동안 피로가 좀 쌓였나 봐. 난 집에서 좀 쉬고 있을게."

내 말에 랑이가 걱정하는 안색을 보이기에 급히 말을 이었다.

"지친 건 아니고 힘든 것도 아니니까 그런 표정 하지 말고. 이왕 휴가 온 거니까 조금 느긋하게 있고 싶어서 그런 거야."

"그렇느니라. 저 조림용 멸치 같은 것은 내버려 둬도 별 상관없느니라."

조림용 멸치. 육수를 우릴 때 쓰는 멸치보다 작고 비실비실하다. 하지만 맛있지.

"알겠느니라. 검둥이도 그리 말하니 믿겠느니라."

냥이가 우월감을 나타내는 게 짜증 난다. 뭐냐. 랑이가 자기 말을 더 믿는다고 말하고 싶은 거냐? 흥! 지금 같은 경우에는 내가 당사자고 네가 제3자여서 랑이가 네 말에 더 귀 기울인 것뿐이거든? 그렇게 잘나지 않았거든?

나는 그런 마음을 겉으로 드러낸 후, 즉 냥이에게 이를 드러낸 다음 말했다.

"그럼 먼저 갈게."

"알겠느니라. 아, 그리고 가희야."

"예, 아가씨."

"성훈이를 잘 부탁하느니라. 성훈이는 몸이 약하니까 각별한 주의가 필요하느니라."

……엄밀히 따지면 내가 약한 게 아니라 너희들이 너무 강한 거야.

산장으로 돌아와 벽난로 앞에 의자를 가져와 앉는다. 흠. 이게 흔들의자였다면 남은 시간을 한가로이 지내기 위해서 산으로 들어온 할아버지 같은 느낌이 날 텐데 그게 좀 아쉽군. 하지만 사람은 만족을 알아야 하는 법이다.

"혹시 흔들의자 같은 건 없어?"

그 전에 할 수 있는 건 다 해 보고 나서. 내 질문에 가희는 입을 가리며 웃고서는 말했다.

"전하께서는 상당히 재미있는 분이시네요."

나는 그렇게 생각하지 않지만 요즘부터 조금 안면 인수라고 할까, 주위 눈치를 안 보게 된 것 같기는 하다.

"없으면 됐고."

"아니에요, 전하."

가희가 소매 안에서 흔들의자를 꺼내 내 앞에 대령했다. 이제는 이런 걸 봐도 아무렇지가 않군.

"고마워."

"전하의 마음에 드셨다니 다행이네요."

나는 흔들의자에 앉아 등을 기댔다. 가희가 그런 내 무릎 위에 담요까지 덮어 준다. 고개를 끄덕이자 가희는 눈웃음을 짓고는 뒤로 물러났다.

……좋네. 정말로 오랜만에 휴식다운 휴식을 하는 기분이다. 흔들의자에 몸을 맡긴 채 벽난로의 온기를 느낀다. 장작이 타들어 가는 기분 좋은 소리를 들으며 골치 아픈 생각을 지워 버린다. 흔들리는 불꽃을 바라보는 것도 지쳐 눈을 감을까 싶을 때.

"한 가지, 여쭈어 보고 싶은 것이 있는데 괜찮으신가요?"

가희가 말을 걸었다. 나는 풀어져 버린 마음을 추스르고 뇌를 일깨워 경각심을 되살리고 나서 입을 열었다.

"뭔데?"

"전하께서 가지고 계시는 대의가 궁금해요."

……갑자기 무거운 화제가 튀어나왔다. 던져 봐야 눈덩이인 줄 알았는데 날아오는 게 바위인 기분이다.

"대의?"

가희는 대답하지 않고 내가 말하기를 기다렸다.

"대의라……. 그런 게 있다면 인간과 요괴가 공존할 수 있는 세상을 여는 것 정도려나."

"그게 가능하다 생각하시나요."

가희의 목소리가 조금 낮아진 것 같다.

"가능하든 안 하든 할 수밖에 없잖아."

안 그러면 내가 이 고생을 하며 있을 이유가 없으니.

"전하."

이번에는 내가 기다렸다.

"왜 그리 험한 길로 가려 하시나요."

……뭔 소리래.

"쉬운 길이 있냐?"

"있죠."

뒤에 서 있던 가희가 내 옆으로 걸어와 무릎을 굽혀 흔들의자에 두 팔을 올리고 턱을 괴었다. 이어 교태 어린 눈빛으로 나를 올려다본다. 진지한 이야기를 하는 도중에 어린아이나 할 법한 귀여운 행동이 괴리감을 불러일으켰다.

"모든 인간을 죽이면 되는 일이잖아요?"

괴리감 진짜 대단해!

"말이 되는 소리를 해라."

"전하께서는 그리 말씀하실 줄 알았어요."

방금 한 말에 큰 의의를 두지 않았다는 듯이, 가희는 다시 일어나 내 뒤로 물러났다.

"소저의 농이 전하의 휴식에 누가 되지 않았으면 좋겠네요."

이런 건 별것도 아니다. 세희라면 내가 의자에서 일어나게 만들었을 테니까.

아이들이 돌아온 건 졸다 깨다 졸다 깨다를 반복한 내가 해가 지는 하늘을 보고 있을 때였다. 랑이와 바둑이와 냥이는 돌아오다가 온천에 들렀는지 뽀송뽀송한 양 볼이 붉게 상기되어 있어서, 보는 내가 다 흐뭇해졌다. 랑이는 흔들의자에서 세월아 네월아 하는 나를 보고는 자신을 무릎 담요 대용으로 만들었고 바둑이는 벽난로 앞에 엎드려서 늘어지게 하품을 하고서는 바로 쿨쿨쿨. 냥이는 그대로 부엌으로 들어가 저녁을 준비하기 시작했다.

랑이와 같이 저녁까지 먹고 난 후, 포만감에 휩싸여 오늘 밤에 일어날 일을 준비하기 위해서라는 변명 거리까지 만들며 눈을 감으려는 순간.

"성훈아, 검둥아. 우리 나가서 같이 썰매 타지 않겠느냐."

랑이가 무시무시한 소리를 꺼냈다. 아마도 이때만큼은 나와 냥이가 한마음이 되었을 거다.

"밤도 깊었는데 내일 타자."

"그러하느니라. 우리야 상관없겠지만 저놈은 냉동실에 넣은 생태 골이 될 것이니라."

나와 냥이가 반대할 거라고는 생각 못 했는지 랑이가 볼을 부풀리고서 다리를 바동거렸다.

"우~. 오랜만에 만나서 같이 있는데 가만히 있자니 싫으니

라. 분명히 이대로 있다가는 코오~ 하고 잠들 게 뻔하느니라."

그게 평소 랑이의 행동 패턴이긴 하지.

"졸리면 자는 게 좋으니라. 그래야 키가 쑥쑥 크지 않겠느냐."

훔쳐본 냥이의 옆모습을 말로 풀어 보자면 이렇다.

우리 귀엽고 사랑스러운 흰둥이가 같이 놀자고 하니까 들어주고 싶기는 한데, 랑이와 둘이서 노는 거면 모를까 저 망할 로리콘 새끼까지 껴 있으니까 그러고 싶지는 않다. 그러니까 최대한 랑이를 달래서 재우는 게 좋겠다. 조금 피곤하기도 하고.

……어떻게 이리 잘 아냐고?

말과 행동을 보면 이 정도야 짐작할 수 있지.

나는 눈썰매를 포기하고 냥이에게 무릎베개를 받은 채 꾸벅꾸벅 졸기 시작한 랑이를 가리키며 말했다.

"재워야겠는데."

그 말에 랑이가 반응했다. 랑이는 냥이의 옷을 꼬옥 쥐고서 고개를 절레절레 흔들었다.

"우웅~. 싫으니라. 검둥이랑 더 놀 것이니라……."

냥이, 이 자식아. 그렇게 우월감에 젖지 말라고.

"꿈나라에서 같이 놀아."

내 말에 랑이는 몸을 돌려 냥이의 허벅지에 얼굴을 묻었다.

"……우. 그래도……. 그래도……."

기분 나쁘니까 얼굴 붉히면서 미소 짓지 마라.

“오늘은 날이 늦었으니 이만 들어가서 자자꾸나.”

“……검둥이는?”

랑이는 고개를 들지 않았고 냥이는 머리를 쓰다듬어 주었다.

“언니는 아직 해야 할 일이 남아 있느니라. 먼저 들어가서 코~ 자고 있거라. 곧 가겠느니라.”

“우웅…….”

아쉬움이 남아 있는 목소리에 냥이가 좋아 죽겠는지 꼬리를 흔들며 귀까지 쫑긋쫑긋한다. 저 시스콤 언니를 어떻게든 하지 않으면 랑이가 위험해질 것 같은 느낌까지 드는데.

“알겠느니라. 이불 따듯하게 해 놓을 테니 빨리 들어오거라.”

“그래. 금방 가겠느니라.”

랑이가 일어나서 졸린 눈을 비비며 내게 다가왔다.

“쪽.”

아, 그러고 보니 어제는 안 해 줬지.

“쪽.”

나는 랑이의 볼에 입을 맞췄고 랑이도 그에 화답하듯 내 볼에 입을 맞췄다. 그와 동시에 나는 등골이 오싹해지는 시선을 느낄 수 있었다. 누구겠냐? 냥이지. 나는 잠에 취해 비틀비틀 걸어가는 랑이의 뒷모습을 배웅해 준 다음 고개를 돌렸다. 나와 같은 일을 하고 있던 냥이 또한 고개를 내 쪽으로 돌렸다.

“네 이놈. 하늘이 무섭지 않느냐.”

랑이의 뺨에 뽀뽀한 것만으로 하늘을 무서워해야 하나. 그렇다면 나는 우주가 무서워져야 할 것 같은데. 내가 랑이한테 한 일들은 내가 생각해도 상황에 따라 조금 위험하게 보일 것들이 많았으니까!

그래서 나는 이렇게 대답했다.

"응. 이미 견우성도 갔다 왔는데 뭐가 두렵겠냐."

"이 파렴치한 놈이……!"

꼬리가 솟구쳐 오르는 걸 봐도 별다른 감흥이 일어나지 않는다. 나보고 뭐 어쩌라고?

"그래서 너는 왜 안 자냐? 착한 애들은 코~ 하고 잘 시간이잖아?"

"외관이 이렇다고 어린아이 취급하지 말거라. 내 몸의 영향을 받고 있다 한들, 네놈보다는 어른일 테니까."

정신 연령을 말씀하시는 것이지요. 그러면 그 잘난 정신 연령에 기인해서 나도 슬슬 시작해 볼까.

"그래서 이번에는 무슨 말을 하려고 남았냐. 지금이라도 랑이하고 같이 자러 가고 싶은 녀석이."

냥이가 흥 하고 나를 비웃었다.

"네놈이야말로 자의식 과잉이 아니느냐."

어제 일을 지금까지 기억해서 써먹다니. 이 속 좁은 녀석.

"그러냐? 그럼 할 일 해라."

나는 다시 흔들의자에 등을 기대고 눈을 감았다. 지난 한 달간, 눈코 뜰 새 없이 바쁜 일상을 보내다 보니까 한가로운 시간의 소중함을 몸으로 깨닫고 말았다.

좋구나……. 머리를 굴릴 필요도 없고 사인도 안 해도 되고 잔소리도 들을 일 없이 쉴 수 있는 시간이라니…….

"……."

"……."

다시 말하지만 세상일이라는 게 그렇게 나에게 좋은 쪽으로만 흘러가는 법은 없다. 눈을 감고 있다고 하지만 벽난로에서 전해지는 온기가 막힌 것과, 눈앞에서 들리는 숨소리, 그리고 피부로 느껴지는 강렬한 시선을 통해, 나는 내 앞에서 냥이가 매섭게 노려보고 있다는 것을 유추해 낼 수 있었다.

나는 눈을 떴다.

불만이 가득 찬 눈으로 이쪽을 보며 팔짱을 끼고 있는 냥이가 있었다. 벽난로가 뒤에 있다 보니 안 그래도 털색 때문에 어두워 보이는 녀석이 더 시꺼멓게 보인다.

"뭐냐."

"할 말이 있느니라."

"자의식 과잉이라며?"

"……쪼잔하구나."

이 세상에 나만큼 대범한 사람이 어디 있는데?! 너 때문에 우리 귀여운 치이가 죽었다 살아난 것, 불쌍한 페이가 하나뿐인, 여기서 잠깐 눈물, 친구하고 사이가 엉망이 될 뻔한 것, 아야가 제멋대로 이용당한 것, 내가 요술 속에서 죽을 뻔한 것, 누명을 쓰고 유배당한 것, 나와 랑이의 사이가 틀어져 버릴 만한 것까지 모두 봐준 게 이 몸이란 말이다!

……이런 걸 다 신경 쓰고 있다는 것에서 상당히 쪼잔해 보이니 그만하자.

"하고 싶은 말이 뭔데?"

냥이가 말했다.

"이제 그만하거라."

"머리 좋은 애들은 싫더라. 주어를 빼놓고 말해도 다 알아듣는 줄 알아."

"내가 무슨 말을 하는지 알지 않느냐."

나는 냥이의 눈을 보았다. 눈은 마음의 창이라는 말이 있고, 나는 랑이를 통해 쌓은 경험이 있다. 그런 내가 보기에 냥이의 눈동자에는 한 치의 미혹도 보이지 않았다. 그럼에도 나는 일단 잡아챘다. 내가 잘못 읽었을 수도 있잖아?

"모르겠는데. 내가 여기 와서 한 것도 없고 말이야."

"그 사실 자체가 지금 네놈이 무엇인가를 하고 있다는 반증이 된다 생각해 본 적은 없느냐."

"없다."

나는 그렇게 머리가 잘 돌아가는 편은 아니니까.

냥이가 인상을 찌푸렸다.

"……네놈은 생각이 있는 건지 없는 건지 도저히 모르겠구나."

반인반선 강성훈. 그는 1/3의 잔머리, 1/3의 임기응변, 1/3의 욕망으로 이루어져 있는 사이보그인 것이다.

"네가 알 필요는 없잖아."

"적을 알고 나를 알면 백전백승이라는 말을 모르느냐."
"지금은 적이 아닐 텐데."
어떻게 보면 그 누구보다 나와 손발을 맞출 수 있는 게 이 녀석이다. 누가 뭐래도 이 녀석의 랑이에 대한 사랑은 진짜니까.
"그렇다고 아군은 아니다."
"뭐, 어쨌든. 난 네가 무슨 소리를 하는지 모르겠다."
"……정녕 그러하느냐."
자신을 우습게 본다 생각한 걸까. 냥이의 기세가 변했다. 냥이가 무거운 한 걸음을 앞으로 내딛었다.
"내가 정녕 아무것도 모른다 생각하느냐."
내가 어떻게 대답하느냐에 따라 생사가 달라진다고 말하는 듯한 기백에 나는 오싹한 기분이 들었다. 그렇다면 나도 이제 냥이를 떠보는 건 그만해 볼까. 진심을 내보인 상대에게 계속 속을 숨겨서는 아무런 일도 진행되지 않는다.
"그래."
나는 턱을 들어 올리며 거만하게 말했다.
"내가 강성훈이다."
"……뭐?"
"아, 미안. 말이 잘못 나왔다."
이게 다 강세희 때문이야. 오덕함이 감기처럼 옮아 버렸잖아.
"너 정도 되면 대충 정황을 봐서 알 거라고 생각은 했다."
나는 어깨를 으쓱거렸다. 냥이는 눈썹을 꿈틀거렸다.
"그런데 그걸 알아서 뭐 어떻게 할 건데? 내가 노리고 있는 게 있다고 해도 직접 하는 건 아무것도 없는데. 하고 싶은 말이 있으면 내가 아니라 랑이에게 말해라."

"흰둥이를 이용한다고 겁도 없이 지껄이는구나."

"원래 그런 거 아니겠어?"

왜 자꾸 이 녀석하고 이야기하다 보면 내가 악당처럼 보이지?

"사람은 혼자서 살 수 없어. 자기 자신이 살아가는 데 타인을 이용하는 건 당연한 일이다. 뭐, 이런 어려운 이야기는 내 취향이 아니니까 넘어가고."

철학적인 이야기는 내 관할 밖이다. ……중2병적인 이야기와 약간 맞닿아 있는 것 같기도 하지만 넘어가고.

"네가 궁금한 건 이런 게 아니겠지."

냥이가 무언으로 긍정했다. 이 녀석이 마음에 걸리는 건 하나.

"왜 내가 랑이에게 너와 계속 놀라고 시켰는지, 그거에 대한 걸 묻고 싶어서……."

"아니니라."

"……에?"

있는 힘껏 잘난 척하면서 말을 하던 나는 그대로 얼어붙었다. 그 모습을 내려다보며 냥이가 기가 차다는 듯 말했다.

"하, 내가 그런 것도 모를 줄 알았느냐."

"어."

"네놈이 뛰어 봤자 도마 위이니라."

그럴 때는 부처님 손바닥 위라고 하는 거다. 잘못하면 도마

위의 생선하고 헷갈릴 수 있으니까.

"네놈이 나한테, 자신의 제안에 따를 경우 지금처럼 흰둥이와 함께 살 수 있다는 것을 몸으로 느끼게 만들기 위해서, 내게 거부할 수 없는 제안을 하기 위해 이런 간악한 흉계를 꾸몄다는 것 정도는 알고 있느니라."

간악한 흉계라니, 너무하네. 나는 그냥 잔머리를 굴렸을 뿐이다. 일종의 임시 랑이 이용권을 냥이에게 건네줬을 뿐이다. 물건을 팔 때도 이런 영업을 많이 하잖아? 사지 않아도 좋다. 일단 써 봐라. 그리고 마음에 들면 구매하세요. 나는 여기서 따온 것뿐이다.

"그러면 잘됐네. 지금이라면 제 제안을 받아들이는 것으로 365일 랑이 이용권을 받으실 수 있습니다, 고객님."

일부러 장난스럽게 말했지만 냥이는 딴죽도 걸지 않았다. 그저 입을 꽈악 다물고 나를 내려다보며 조용히 분노를 식히는 모습을 보인다. 내가 너무 심했나? 아니면…….

"내가 받아들일 것 같으냐."

"그럴 리가."

"그렇기 때문에 네게 묻는 것이다. 자신의 제안을 받아들이도록 만들기 위한 결정적인 수, 난 그것이 듣고 싶은 것이니라."

나는 세희처럼 말했다.

"직접 생각해 보면 되잖아."

냥이는 한숨을 쉬었다.

"나는……. 확신이 안 드니라. 네놈이 내가 랑이와 같이 있으며 생긴 이 감정을 어떻게 이용하려 할지 모르겠다."

냥이는 진심으로 분하다는 듯 말했다.

"네놈은 상식에서 벗어난 인간이니 말이다."

이걸 칭찬으로 받아들여야 할까, 아니면 욕으로 들어야 하는 걸까.

"지금까지 네놈은 언제나 내 예상과는 다르게 행동했느니라. 너라는 녀석은 종잡을 수 없단 말이다. 그렇기에 나는 확신을 가질 수 없느니라. 네놈, 네놈만은 도저히 모르겠단 말이니라!"

말을 하다가 감정이 격해졌는지 냥이가 내 멱살을 잡았다. 어린아이의 힘이었지만 나는 일부러 몸을 들어 줬다.

"말하거라. 네놈이 무슨 짓을 꾸몄는지 네 입으로 말하란 말이다!"

초조함이 가득 담긴 눈동자와 격한 감정에 의해 바르르 떨리는 팔. 지금까지 냥이의 이런 모습을 본 적이 없는 나는 조금 당황하고 말았지만 이내 냉정을 되찾았다.

"그걸 내가 왜……."

"이것은 네가 스스로 쟁취한, 이 엉망진창인 세상에서 네 힘으로 얻어 낸 흰둥이와의 행복과 관련된 일이니라! 모르겠느냐? 흰둥이의 행복은 사상누각과 같으니라. 수많은 우연이 겹쳐져 겨우 얻어 낸 최선의 결과란 말이다! 모르겠느냐? 지금 흰둥이와 네놈이 누리는 행복은 천 길 낭떠러지 사이에 있는 외줄 같은 것이니라! 단 한 번이라도 발을 헛디디면 나락으로 떨어지는 것이란 말이다! 모르겠느냐? 네놈이 지금 얼마나 위험한 짓을 하고 있는지?!"

토해 내듯 말을 내뱉는 냥이가 진정되기를 기다린다. 냥이는 허억허억 거친 숨을 내쉬다가 이를 악물고 내 멱살을 놓았다. 다시금 흔들의자에 등을 기댈 수 있었지만 한번 잃은 평온함은 다시 찾아오지 않았다.

아직 전화도 안 왔는데 휴가가 끝난 기분이 드네. 나는 팔걸이에 팔꿈치를 대고 팔을 괴며 다리를 꼬았다. 상당히 건방져 보일 거다.

"그래서?"

아, 이 녀석. 화났다.

"네 계획을 말하거라! 네놈이 흰둥이의 행복을 위협할 수 있는 짓거리를 생각하고 있다면 내가 막아야 하니까! 말하지 않는다면 네놈을 반 죽여 놓는다 해도 강제로 듣겠느니라!"

허언이 아닌지 냥이는 부적을 꺼내 들었다. 부적을 보니 어젯밤이 떠오르는군.

"그럴 거면 어제 하지 그랬냐. 그때도 이미 알고 있던 거 아니야?"

냥이가 얼굴을 붉혔다.

"하, 하루 정도는 괜찮으니라!"

그러니까, 랑이와 놀 수 있다는 유혹에 졌다는 거다. 그리고 오늘은 랑이와 신 나게 놀았으니까 현실을 보게 되었다는 거고. ……이 녀석도 결국 애인가.

"말하지 않으면 몰매를. 너무하네. 이거, 불공평하잖아. 불공평 계약이라고."

농담이라고 건넸는데 반응이 없으니까 내가 다 무안해지네. 이 무안함을 어떻게 해야 할지 고민하고 있을 때. 저 멀리서 뭔가 둔중한 소리가 들리는 것과 함께 바지 속에서 휴대폰이 울렸다.

[3초 안에 전화 받아.]

나래의 전용 벨소리로. 참고로,

[3]

숫자가 1이 되기 전에 받지 않으면 뭐 하느라 전화 안 받았냐고 추궁당한다.

[2]

"잠깐만."

뭐라 말하려는 냥이를 무시하고 전화를 받았다.

"여보세요."

나래는 짧게 말했다.

"지금 도착할 거야. 조심해. 나도 금방 갈게."

"어, 고마워."

나는 통화 단절 음이 들리는 것을 확인하고 나서 폰을 주머니 속에 집어넣었다.

"아, 미안. 급한 전화라서."

"……네놈."

냥이의 눈빛이 번쩍였다.

"무엇을 획책하고 있느냐."

조금 전부터 들리던 소리가 가까워졌다. 이제 알겠군. 저건 헬리콥터의 날개 소리다.

"그건……."

그 소리는 바로 산장 위에서 들리기 시작했고……. 멀어지는 일은 없었다. 그 대신이라고 할까. 환한 헤드라이트가 산장을 덮친다.

"직접 확인하지 그래?"

냥이의 표정은 볼만했다.

한 마디로 지금 상황을 설명하자면, 산장은 포위당했다. 포위한 사람들은 모두 영화에서나 볼 수 있을 법한 장비와 총을 들고 있었다. 한눈에 봐도 폼이 예사롭지 않은 게 특수 부대가 아닐까. 이런 사람들에게 포위당하는 경험은 처음이다. 하지만 저들도 호랑이 요괴 두 명과 창귀, 그리고 바둑이와 로리콘을 포위해 본 건 처음일 테니까 쌤쌤이겠지.

"……우. 졸린데 도대체 무슨 일이느냐."

잠에서 깨서 그리 기분이 좋아 보이지 않는 랑이가 눈을 비비며 내게 물어보았다. 나는 그 대답을 랑이가 아닌 냥이를 보면서 말했다.

"여기에 희대의 테러리스트가 숨어 있다고 신고했거든."

다들 놀라는 눈치다. 왜 그래? 상상도 못 했다는 듯이.

"네, 네놈이?!"

"전하께서 이리 하실 줄은 상상도 못 했습니다."

"응? 그게 무슨 말이느냐. 신고하다니?"

"그러면 더 자도 되는 거예요?"

각양각색의 반응에 나도 거기에 맞춰 말하고 싶었지만 현실은 쳐 낼 건 쳐 내야 하는 법이다.

"물론 저들은 내가 네 정보를 노출했다는 것까지는 몰라."

냥이를 쫓고 있는 인간들에게 정체를 들키지 말고 정보를 흘려 달라. 이것이 내가 나래에게 처음으로 부탁한 일이었다. 그리고 나래는 결과적으로 보면 그리 빠르지도, 너무 늦지도 않은 시간에 그들이 이곳에 도착하도록 해 줬다.

내 안락한 시간을 제물 삼아서.

"이런 상황에서 내가 너와 같이 있다는 걸 보면 저 사람들이 무슨 생각을 할까?"

"네놈이?! 눈치챘던 것이느냐?!"

"그러면 설마 모를 줄 알았냐. 내가 너한테 당한 게 몇 번인데."

냥이가 내게 설득을 포기하라고 왔었던 날. 나는 그때 냥이가 무슨 말을 하고 싶었는지 알 수 있었다. 지금 나와 랑이와 냥이의 입장은 상당히 미묘하다. 나는 인간이면서 요괴의 왕이 되었고, 랑이는 요괴의 왕이었지만 현재는 내 아내가…… 아니, 약혼녀이면서 폐위된 왕. 냥이는 세상을 혼란에 빠뜨린 테러리스트이며 랑이의 언니다.

그렇다면 나와 냥이의 관계에 대해서도 여러 가지 억측이 생기는 게 당연하다. 실제로는 서로를 못 잡아먹어 안달이지만 다른 사람들이 보기에도 그럴까. 하지만 지금까지는 별다른 접점이 어디까지나 의혹으로 끝났을 것이다. 하지만 만약에. 냥이가 나와 접촉하고, 내가 냥이에게 일까지 시킨다면 어떻게 될까.

사람은 자신이 보고 싶은 것만 보고, 듣고 싶은 것만 듣는다. 냥이만을 노렸던 그들이 그 책임을 나에게도 물을 수 있는 가능성이 더욱 확대된다는 것이다. 그렇기에 냥이는 내 제안을 거절했다. 랑이가 나와 행복하게 지내는 데 방해가 되니까.

그렇다면, 그 거절한 이유를 없애면 된다. 예방 주사는 병에 걸리기 전에나 효과가 있지 그 후에는 링거보다 가치가 없으니까.

그러니까 나는 냥이를 억지로 배에 태울 것이다.

"가희! 저놈을 막거라!"

이 짧은 시간에 생각이 거기까지 다다랐는지 냥이가 외쳤다.

"전하, 실례하겠습니다."

은근슬쩍 내게 다가와서 옆에 서는 것만으로 나를 막는 데

충분하다고 생각하나 보다. 하긴, 여기에는 세희도 없으니.

……라고 생각하겠지.

나는 주머니에 손을 넣고 그것을 꺼내며 말했다.

"일해라, 빈판넬."

"……과로로 쓰러지면 책임지실 겁니까."

내가 꺼낸 것은 작은 인형이었다. 얼마나 작냐면 내 주머니 속에 들어가 있어도 별로 티가 나지 않을 정도로 말이야. 하지만 그걸 주머니에서 꺼내자마자.

"……언제 그리 어려지셨습니까?"

"몰랐습니까? 이 바닥에서는 어리고 가슴이 작을수록 인기가 많은 법입니다."

어린애 정도의 크기로 변했다. 상황이 상황이지만 딴죽을 안 걸 수가 없구나.

"난 식신을 보내 달라고 했는데."

"과학 기술과 요술의 발전이 지금의 제가 있도록 해 주었습니다."

발전이라는 단어가 이리 쓸모없게 들릴 수 있다니.

"하지만 세희 님. 그런 식신으로 저를 이기실 수 있을 거라 생각하시는 건 아니겠지요?"

세희는 소매에서 고양이 귀 머리띠와 고양이 손 장갑을 꺼내서 꼈다.

"발목을 붙잡는 데는 이것으로 충분하다냥~☆"

가희가 소매에서 강아지 귀 머리띠와 강아지 손 장갑을 꺼내서 껐다.

"한번 해 보죠, 멍!"

……어.

응.

그래.

미친 창귀들은 일단 내버려 두자.

"그렇다고 합니다, 주인님."

가희의 말에 냥이가 혀를 찼다.

"그렇다고……."

끝까지 들어줄 생각은 없다.

"랑이야, 저 녀석 좀 붙잡고 있어라."

"응. 뭔지는 잘 모르겠지만 알겠느니라."

냥이가 뭐라 하기도 전에 랑이가 냥이를 덮쳐서 바닥에 쓰러뜨렸다. 랑이에게 깔린 채 바동대는 냥이의 모습에 나도 모르게 입가에 웃음이 걸린다.

이것이 평소의 세희가 즐기는 즐거움인가!

"이, 이거 놓거라! 놓지 않으면……."

나는 그 말을 듣지 않고 산장 문을 열고 나섰다. 헤드라이트의 강한 빛 때문에 손을 들어 눈을 가렸다.

"FREEZE!"

그게 내가 알아들을 수 있는 유일한 단어였다. 그것 외에도 어쩌고저쩌고 뭐라고 알아들을 수 없는 언어로 말하거나 했지만……. 나는 영어도 못하는 고등학생. 알아들을 수 있을 리가 없다. 나는 시끄러운 헬기 소리에 묻히지 않도록 크게 외쳤다.

"누구 한국어 할 줄 아시는 분!!"

시끄러운 헬기 소리만이 나에게 답해 준다. 이미 목적은 반쯤 이루었으니 다시 산장으로 돌아가서 통역 가능한 사람을 찾아볼까. 하지만 여기서 잘못 움직였다가는 총 맞는 거 아니야? 이런 여러 가지 생각 때문에 머쓱한 미소만 짓고 있자니.

"요괴의 왕, 묻는다. 왜 여기에?"

어딘가 어색한 한국말을 하는 사람이 있었다. 이국의 땅에서 동포를 만나는 기분이 이러할까. 나는 기뻐하며 시선을 목소리가 들린 곳으로 향했다.

……응?

"어린애?"

그곳에는 이상한 꼴인 소녀가 있었다. 이곳이 서양권인지는 모르겠지만 소녀의 눈같이 아름다운 백 금발과 짙푸른 눈동자, 그리고 주근깨가 인상 깊다. 하지만 그것들도 여자애가 입고 있는 복장과 손에 들고 있는 것과 비교해 보면 약해지는 경향이 있다. 주위의 사람들이 현대전에 적합한 군용 장비를 착용한 것에 비해, 소녀는 이런 날씨에는 꽤 추워 보이는 갑옷을 입고 있었고 양손에는 검과 방패를, 머리에는 천사의 날개를 형상화한 장식이 달린 서클릿을 쓰고 있었으니까.

……이런 말 하면 나의 인격에 대해서 의심을 품을 수 있지만 그래도 해야겠다. 저런 비슷한 복장 동급생이라는 단어를

있는 그대로 받아들일 수 없게 되는 게임의 종류 중에서 본 적 있어!

그 옷차림 덕분에 나는 발키리라는, 용사들을 발할라로 이끈다는 여전사를 떠올릴 수 있었다. 설마 저런 여자애가…….

아니, 아니지. 그런 쪽에서도 발키리는 나이와 외관에 별 상관이 없었어. 충분히 저 여자애가 발키리일 가능성이 있다.

"물었다. 요괴의 왕. 왜 여기에."

소녀의 낭랑한 목소리에 정신이 들었다.

"아, 그게 말이지. 사실은 말이다, 여기에 있는 냥이라는 녀석을……."

소녀가 고개를 가로저었다.

"나, 못한다, 한국어. 너, 말한다, 간단하게. 아니, 간단하게 말한다."

……통역을 생각해 두지 않은 나의 잘못이다. 나는 지금 상황을 어떻게 설명해야 하는지 잘 생각해 보고 나서 말했다.

"나, 요괴의 왕. 냥이, 요괴. 내가, 보살핀다. 오케이?"

그 짧은 말에 소녀가 흠칫 몸을 떨고서는 옆에 있는 남자에게 손을 내밀며 말했다. 물론 내가 알아들을 수 없는 말이었다. 하지만 남자가 가슴팍에 달려 있는 무전기를 주는 걸 봐서 짐작은 할 수 있다. 소녀는 내게서 시선은 떼지 않으며 무전기에 대고 뭐라고 말한 뒤, 화답을 받은 뒤에서야 내게 말했다.

"너, 인간 적? 중요 사항."

“그런 건 아닌데 일단 나는 요괴의 왕이다. 아무리 죄를 지은 인간이라고 해도 변호사를 선임할 권리가 있는 것처럼…….”

나는 소녀가 곤혹스러워하는 표징을 보고서 입을 다물었다. 이런 식으로 이야기하면 제대로 된 의사소통도 안 되고 최악의 경우 곡해해서 들을 수도 있다. 제대로 된 통역가가 필요해.

“너, 한국말, 너무, 못한다. 통역가, 필요.”

너무나 타당한 내 의견에 여자애가 갑자기 들고 있던 검을 땅에 박아 버린다. 땅이 얼어 있을 텐데도 너무나 손쉽게 땅에 박히는 걸 보니 무서운걸. 보디랭귀지는 만국 공통이라고, 소녀가 눈썹을 세우는 걸 봐서 꽤 화가 난 것 같다.

“나, 천재! 드라마로 배웠다, 한국말! 그래도 잘한다!”

……어, 응. 저 나이 애가 우리나라 말을 드라마로 배웠는데 이 정도까지 할 줄 안다는 건 꽤나 대단한 일이라고 생각한다. 자기 입으로 천재라고 건방을 떨어도, 머리를 쓰다듬어 주며 참 잘났어요~라고 칭찬해 줘도 될 만한 일이다. 하지만 내가 지금부터 하려고 하는 말은 짧은 한국어 실력으로는 제대로 이해할 수 없는 거라고.

아니, 그보다! 왜 다른 사람을 불러 달라는 말에 저렇게 화를 내?!

“너, 안 돼. 통역가 필요.”

타당한 요구라고 생각한다. 하지만 소녀는 내 말에 검을 뽑고는 그 끝을 내게 향했다. ……왜? 지금 어디에 화날 구석이 있나? 옆의 특수 부대원들도 당황한 기색이 역력하다.

"전사, 이야기는 몸. 필요 없는 것이다, 말."

그리고 소녀가 달려온다.

"그게 뭔 소리야아아아아?!"

내가 외치는 동시에 소녀가 땅을 박차고 날아올랐다! 방패로 자신의 몸을 가리며 검을 높게 들고서 그대로 내게 내려친다! 나, 이렇게 죽는 겁니까?

지금까지 하지 않았던 일들이 아까워서라도 못 죽지!! 나는 만약을 위해서 아무것도 시키지 않은 녀석의 이름을 불렀다.

"바둑아!!"

"예, 도련님!"

갈색 섬광이 번쩍였다. 내가 제대로 볼 수 있었던 것은 허공에서 소녀가 내려치는 검을 바둑이가 뛰어올라 입으로 무는 모습부터였다. 그 순간 소녀는 얼굴을 찡그리며 있는 힘을 다해 검을 거두려 했지만 그것보다 바둑이가 고개를 흔드는 힘이 더 강했나 보다. 바둑이는 검을 놓치게 만들 생각이었겠지만 소녀의 집념도 대단해서 손을 놓지 않았고, 결국 바둑이와 소녀는 눈밭을 데굴데굴 구르게 됐다. 둘 중 먼저 일어난 것은 바둑이었다. 바둑이는 일어나자마자 소녀의 팔을 한쪽 손으로 눌러 검을 빼앗아 자기 뒤쪽에 뱉더니, 네 발로 엎드려서 눈을 번뜩였다. 꼬리가 빳빳하게 서 있는 걸 봐서 지금이라도 아직 정신을 못 차린 소녀에게 덤벼들 기세다. 역시 바둑이. 매일매일 잠만 자는 것 같지만 할 일은 하지. 그리고 내가 할 일은 바둑이를 말리는 거다. 전후 관계야 어찌되었건 여기서 누군가가 다친다면 내게 좋을 일이 하나도 없거든.

"이리 와, 바둑아."

"……또 말리시는 거예요?"

그러고 보니 바둑이가 힘을 쓸 때는 내가 위험한 순간뿐이었지. 그때마다 난 바둑이를 말렸고.

"그래. 다치게 하면 안 되니까 이리 와. 착하지."

"우……. 알겠어요, 도련님."

바둑이의 기세가 살짝 꺾였는지 아쉬워하는 기색을 보이며 뒷걸음질로 내 쪽으로 다가왔다. 나는 네 발로 선 바둑이를 두 발로 서도록 만든 다음 잘했다는 뜻으로 머리를 쓰다듬어 주려다가 퍼뜩 정신을 차렸다. 지금 그랬다가는 일이 어떻게 흘러갈지 모른다.

"너, 약하다. 치사하다."

지금 일어난 정체불명의 소녀에게 뭐라고 대답도 못 했겠지.

"그래서, 뭐, 어쩌라고."

난 나한테 악의를 가진 사람에게까지 착하게 굴 생각은 없다. 소녀는 내 말에 얼굴을 붉히고서 주먹을 꽉 쥐었지만 쉽사리 덤벼 오지 못했다. 그건 자신의 무기가 자기보다는 내 쪽에 가까이 있기 때문이겠지.

"기습, 지지 않는다. 제대로. 검을 달라. 정정당당, 싸우자. 끼어듦 없다."

바둑이가 나를 돌아보았다. 나는 그 시선에 답하기 위해 땅에 떨어진 검을 집어 들고서 내 등 뒤로 숨겼다.

"싫다."

치사하다고 자기가 정의 내린 사람에게 정정당당이라니. 웃기는 소리 하네.

"윽?!"

내 행동에 모욕감이라도 느꼈는지 소녀가 몸을 부들부들 떤다. 은근히 놀리는 맛이 있는데? 더 해 볼까?

……아니, 지금 이럴 때가 아니지. 랑이하고 세희가 얼마나 버텨 줄지도 모르는데.

"어쨌든 잘 들어라."

나는 목소리를 가다듬고 헬기 소리에도 먹히지 않을 만큼 큰 소리로 외쳤다.

"나는 요괴의 왕 강성훈! 그리고 이곳에 있는 국제 테러리스트인 냥이는 내 비호 아래에 둔다! 왜냐하면 나는 요괴들의 권리를 지킬 의무가 있으니까! 모든 요괴들은 나의 지배를 받으며! 그들을 벌할 권리 역시 나에게만 존재한다! 너희들이 이곳에서 물러나지 않을 경우, 나는 이것을 인간들의 월권행위로 여기겠다!"

물론 돌아오는 대답은 제대로 된 것이 아니었다.

"어렵다. 길다. 짧게. 쉽게. 필요하다."

……나름 머리 써서 조금이라도 있는 척하며 말했던 것이 무의미해진 것에, 지금 중요한 일이 있는데 여기서 말귀 못 알아먹는 사람들과 시간 낭비하고 있다는 것, 그리고 내 평소의 생활과 말투, 행동이 겹쳐져서 나는 이렇게 말했다.

"냥이는 내 거! 돌아가!"

……그 말이 어떻게 해석될지 깨닫는 데는 1초도 안 걸렸다.

"아니, 잠깐! 그게 아니라!"

"진짜 로리콘."

소녀가 조금 전과는 다른 이유로 몸을 떨며 뒤로 물러났다. 왜냐. 왜 징그러운 촉수 괴물을 보는 듯한 눈을 하고 있냐. 왜 두 팔로 몸을 가리는 거야.

"아니! 그게 아니라니까! 그러니까 제대로 된 통역가가 필요하다고!!"

내가 뭐라고 말하든 소녀는 특수 부대원들에게 뭐라고 알아들을 수 없는 말을 했다. 그러자 다들 술렁이더니 나를 보는 시선이 변했다.

아, 예. 분위기를 읽을 줄 아는 저는 지금 무슨 일이 일어났는지 압니다. 그리고 지금 무전기에 대고 무슨 말을 하고 있는지도.

포기하자. 몰라. 어차피 전 세계에 로리콘이라는 걸 대 놓고 방송했는데 이런 거 가지고 내가 마음의 상처라도 받을 것 같아? 응?

자포자기하며 바둑이의 머리를 툭툭 두드리고 있자니, 특수 부대원에게 뭐라 전해 들은 소녀가 내게 말했다.

"물러난다. 위, 회의 필요. 다시 옴."

……내 계획대로 이루어진 것 같아서 다행인 것 같긴 한데 왜 이렇게 슬플까. 마음속에서 흐르는 눈물은 멈출 생각을 하

지 않는다.

"너."

소녀가 바둑이를 손가락으로 가리켰다.

"너, 기억한다. 에레나, 내 이름."

머리를 툭툭 두드리는 것이 성에 안 차는지 허벅지에 볼을 비비기 시작한 바둑이가 내게 물었다.

"도련님, 머리 쓰다듬어 주시면 안 돼요?"

자신이 무시당했다는 것에 에레나라는 애는 꽤나 화가 난 것 같다. 뭔가 자국어로 외치는데, 그 억양만 봐서는 이 바보 똥개! 같은 느낌이 나는걸? 하지만 그래 봤자 나와 바둑이는 알아들을 수 없다. 계속 무시당하고 있자 소녀는 분기탱천한 목소리로 외쳤다.

"검! 달라! 나 간다!"

여기서 나도 모르는 척하면 재미있을 것 같지만 지금은 그럴 때가 아니지. 나는 검을 던……지려다가 대참사가 벌어질 수도 있을 것 같아 땅에 내려놓았다.

"나도 간다. 알아서 찾아가라."

특수 부대원들도 철수하는 상황이니 나도 산장으로 돌아가 볼까. 나는 뒤통수에서 느껴지는 시선을 무시하며 바둑이의 손을 잡고 산장으로 돌아갔다.

이제부터 시작될 진정한 전쟁을 맞이하러!

그리고 산장 안에서 나를 맞이해 준 것은.

"꺄하하하하! 간지럽느니라! 그만, 그만하거라!"
"싫으니라! 에잇, 에잇!"
"희, 흰둥아~! 꺄하하핫, 검둥이, 검둥이 죽는다앗~!"
카펫 위에서 뒹구는 랑이와 냥이.
"개가 복종할 때의 자세예요."
"훗, 그렇다면 저는 고양이가 애교를 부릴 때의 자세로 응수하겠습니다."
개와 고양이의 모습을 흉내 내는 세희와 가희였다.
……그 모습은 아무리 산전수전 요술전까지 다 겪은 나라 해도 당혹스러워서 말문이 막혔다.
일단 내가 보고 있는 걸 차례차례 객관적이며 이성적이고 합리적인 사고방식을 통해 관찰해 보자.
먼저 랑이와 냥이.
"꺄하하핫, 귀는! 귀는 핥지 말거냐앗?! 냐아, 냐아아앙~!"
"오옷, 역시 검둥이도 좋아할 줄 알았느니라!"
"이게 어디가 좋아하는 것으로 보이느냐아앗?!"
바동대는 냥이가 랑이 밑에 깔려서 귀를 깨물리고 있다. 저 입 속에서는 열심히 혀로 귀를 핥고 있겠지. 거기까지라면 그럭저럭 냥이가 못 나가도록 붙잡는 랑이와 랑이에게서 도망치려는 냥이의 처절한 발버둥이라고도 볼 수 있겠지만…….
냥이가 얼마나 필사적이었는지, 혹은 랑이가 얼마나 열심히 잡아 뒀는지 둘의 복장이 말이 아니다. 어, 음. 옷이 많이 올라가거나 내려가 있다. 거기다 고의는 아니겠지만 랑이의 손이 냥이의 가슴 부근을 누른다거나, 냥이의 얼굴이 랑이의 가슴팍에 파묻힌다거나, 냥이의 무릎이 랑이의 허벅지 사이에 끼인다거나, 등등. 마지막으로 내가 나갔다 들어오는 동안 계속 엎치락뒤치락했는지 묘하게 숨이 들떠 있고 피부도 붉게 달아올라 있는 게…….

험험. 내가 쓸데없는 지식을 가지고 있어서 그렇게 보일 뿐이다. 순수하게 보려면 얼마든지 순수하게 볼 수 있다고.

……그에 비해.

"이것은 어떤가요, 세희 님. 먹이 앞에서 기다려를 하고 있는 개의 자세예요."

"그렇다면 기지개 켜는 고양이의 자세로 답해 드리죠."

저쪽은 정상이 아니야. 미쳤어. 아니지. 개와 고양이의 귀와 꼬리를 단 두 미친 창귀가 각각의 동물들의 몸짓을 흉내 내는 것을 '미쳤다' 라는 한 마디로 정의 내리면 안 된다. 저 창귀들은 완전 미쳤다. 나는 일단 사이좋은 자매의 장난은 내버려 두고 완전 미친 창귀들에게 다가갔다.

"질 수 없……."

"너희들은 도대체 뭐하냐."

기지개 켜는 고양이의 자세를 하고 있는 세희와, 주인의 승낙을 기다리고 있는 개의 자세를 하고 있던 가희가 나를 보았다.

"보면 모르시겠습니까."

솔직히 말해서 내 눈에는 기획형 어른용 비디오의 한 장면을 보는 것 같다.

"세희 님과 승패를 다투는 중이었습니다."

너희 둘 다 이미 진 것 같은데. 예를 들어, 한때 인간이었던 자들의 존엄성 면에서.

"제 몸이 이런 이상, 직접적인 대결을 통해 이길 수는 없습니다. 그래서 발목이라도 잡으려고 했는데 저 천한 것이 그런 승리로는 만족하지 못한다고 말해서, 제가 제안했습니다. 누가 더 귀여운 동물의 모습을 연기할 수 있는지."

나는 세희를 천재라고 생각해 왔다. 그리고 천재란 범재가 이해할 수 없는 법. 나는 세희를 이해하는 것을 그만두었다. 어쨌든 가희를 붙잡아 뒀으니 된 거잖아. 왜 이런 미친 짓을 하고 있는지에 대한 이유도 들었겠다, 나는 열심히 하라는 말을 남기고 레슬링에 한창인 랑이와 냥이의 옆으로 다가갔다. 서로에게 정신이 팔려 내가 돌아왔다는 것도 모르고 있던 둘은 내가 옆에 쪼그려 앉고서야 반응을 보였다.

"아, 왔느냐, 성훈아."

"나, 나 좀 살려라! 이 망할 놈아! 빨리 흰둥이를 말리지 못할까!"

지옥에서 부처를 만나도 이렇게 절실한 모습은 아니겠지. 그리고 난 장난기가 좀 많은 편이다.

"왜. 너, 랑이하고 노는 거 좋아하잖아."

"이게 노는 거로…… 히이익?!"

아, 랑이가 냥이의 꼬리를 깨물었다.

"으냐아앙~!!"

"오, 역시 좋아할 줄 알았느니라!"

"요, 요괴 살려라!!"

……말려 주자.

잠시 후.

만족스러워하는 랑이와 온몸에 키스 마크가 난 채 헉헉대는 냥이, 평소의 모습으로 돌아온 가희와 세희가 벽난로 앞에 모였다. 바둑이는 자기 할 일을 다 했다는 듯 내 발치에 엎드려 불을 쬐며 잠들었는데, 그 모습을 보는 것만으로도 마음의 안식이 찾아온다. 하지만 지금은 그럴 때가 아니지.

"너는 지금 네놈이 저지른 짓이 어떤 결과를 낼지 알고 있느냐."

아까 있었던 일은 다 잊었는지 처음부터 잘난 척이네, 이 녀석.

"랑이의 밑에 깔려서 살려 달라고 빌던 녀석이 말은 잘한다."

냥이가 발끈해서 외쳤다.

"그게 지금 무슨 상관이느냐?!"

"상관없지."

"이놈……!"

냥이가 털을 부풀리며 부적을 꺼내기에 나는 손을 들어 말렸다.

"농담이었……."

"마치 연복생 같은 농담이었습니다, 주인님."

"아, 그것 말이군요. '오빠가 우리 애기 배부르게 해 줄게. 열 달 동안. 넝담~.' 이런 식의 농담 말이죠."

"참고로 호랑이의 임신 주기는……."

"너희 둘은 잠시 입 좀 다물고 있어 줘."

저 미친 창귀 녀석들에게 휘말려서는 이야기가 산으로 가 버린다.

"어쨌든, 알고 한 짓이야."

냥이의 얼굴에 노기가 엿보인다.

냥이의 행동 방침은 랑이의 행복이다. 자신이 사랑하는 동생이 행복하게 살았으면 하는 언니. 그것을 위해서라면 어떠한 일도 감내할 수 있는 게 냥이다. 그리고 여기서 중점에 두어야 할 것은 감내라는 말.

감내. 어려움을 참고 견딘다는 말이다.

무엇이 어렵고 무엇을 참았을까.

이걸 누가 모르겠어. 냥이는 랑이와 함께 있고 싶은 자신의 마음을 참았다. 그것이 자신의 행복임에도 랑이를 위해 참았다. 내가 그 행복을 노릴 수 있는 조건을 제시했음에도 거절했다.

왜?

그건 전에 말했으니까 넘어가도 되겠지.

"알면서 어찌 그럴 수 있느냐!"

"알고 있으니까 할 수 있다."

요괴의 왕이 되었다고 해도 나는 인간이다. 아마도 지금까지 인간들은 내가 당연히 인간 편에 설 것이라 생각했을 거다. 웅녀에게서 내게로 지휘권이 옮겨진 곰의 일족도 있으니까, 당연히 나도 웅녀처럼 행동할 거라 생각했겠지. 그래서 현재 나를 내버려 두는 것으로 방침을 정했을 것이다. 덕분에 한 달간 비교적 평온하게 지내며 냥이가 하던 일을 대신 하는 체제를 마련할 수 있었던 것과 별개로, 그런 내가 이번 냥이의 일에 끼어들은 것은 꽤나 정치적인 여파가 클 거다. 지금까지 나를 지켜보기로 했던 방침이 조금 전의 내 발언으로 순식간에 뒤엎어질 수 있다는 말이다.

"그랬다가는!"

냥이가 하고 싶은 말을 알기에 손을 들어 끊는다.

이는, 분명 나와 랑이의 일상에 위협이 된다. 그렇지. 위협이 되고말고.

"그래서, 뭐, 어쩌라고?"

"뭐라?"

어이없어하는 냥이에게 말한다.

"잘 모르나 본데, 나는 단순히 랑이와 행복하게 살기 위해서 왕의 자리에 오른 게 아니야. 나는 책임을 지기 위해서 왕이 된 거지."

랑이를 대신해서.

"그런데 내가 왜 인간들의 눈치를 살피며 너를 내버려 둬야 하지? 요괴의 왕인 내가 인간들에게 고개를 숙일 필요가 있을까?"

생각해 보면 지금까지의 상황이 이상한 거다. 그것은 그 긴 시간 동안 제대로 된 왕이 없었기 때문이다. 전면에 나서 요괴들을 책임져 줄 누군가가 없었기 때문이다.

냥이가 왕의 업무를 보았다고는 하나, 그 책임까지는 질 수 없었다. 요괴의 왕은, 공석이었으니까. ……예. 저는 지금도 랑이가 왕이 아니었다고 생각합니다. 랑이를 존중하기 때문에 인정은 해 주지만.

어쨌든.

현재는 요괴의 왕이 있다.

"나는 랑이의 지아비 후보자이기 전에 요괴의 왕이고, 넌 랑이의 언니이기 전에 요괴다. 그런데 내가 널 책임지겠다는 거에 어떤 문제가 있냐."

냥이가 입을 다물었다. 할 말이 없겠지. 그렇다고 가만히 있을 냥이는 아니다.

"하지만 그래서야……."

나는 냥이가 무슨 말을 할 줄 알았기에 말을 끊었다.

"랑이야."

"응."

나는 말했다.

"전에 했던 말 기억하고 있어?"

랑이는 고개를 끄덕이고 냥이의 두 손을 잡으며 말했다.

"검둥아, 내 걱정은 하지 말거라. 힘든 일이 생긴다 해도,

나는 너와 같이 있는 편이 더 좋으니라. 그러니까…….”

“그것은 단순히 힘든 일을 참고 견디겠다는 소리이지 않느냐. 난 그것이 싫으니라. 나만 네 곁에 없다면 그러지 않아도 되느니라. 그렇다고 연을 끊겠다는 것은 아니니 걱정 말거라. 가끔 연락도 하고, 만나러 오기도 할 테니 어서 저 멍청한 놈을 말리거라.”

“싫으니라.”

랑이가 정면으로 반박했다.

냥이가 소리를 질렀다.

“왜 그러하느냐! 그것이 네가 가장 행복해질 수 있는 방법인데! 왜 이 언니의 마음을 몰라주느냐!”

그에 화답하듯.

“그러는 언니야말로 왜 내 맘을 몰라주는데!”

랑이 역시 소리쳤다.

“언니는 내가 언니 혼자 끙끙 앓으면서 괴로워하는 걸 알면서도 혼자 행복하게 잘 살 것 같은 동생으로 보여?!”

랑이가 꼬리를 바짝 세우며 화를 내듯 말을 토해 내자 냥이가 놀라는 기색이 역력하다.

“지, 지금 나한테 화내는 것이느냐?”

“그래! 화내는 거야! 언니가 자기 생각만 하니까!”

“내가 언제 내 생각만 했다고 하느냐!”

“지금 그렇잖아!”

랑이가 꼬리를 바짝 세우며 말했다.

"지난 한 달간, 난 정말 행복했어. 성훈이가 있고 세희가 있고 바둑이가 있고 치이가 있고 페이가 있고 아야가 있고! 하지만! 하지만! 그래도 계속 생각난단 말이야! 언니가! 언니가 계속 생각난다고! 나는 이렇게 가족들 사이에서 잘 지내고 있는데 언니는 혼자서 외롭게 지내고 있을 생각이 들어서, 계속, 계속! 마음이 아팠단 말이야! 그런데 자기가 없는 게 내 행복을 위한 거라니! 그게 자기 생각만 하는 거잖아! 자기만 아는 거잖아!"

"나는 외롭지 않……."

"아니라고 하지 마. 나는 알아. 다른 누구도 모르겠지만, 나만은, 검둥이의 동생인 나 흰둥이만은 알 수 있어."

랑이가 외쳤다.

"우린 가족이니까!"

냥이는 할 말이 없었는지 입을 다물었다. 씩씩대는 랑이가 뭔가를 말하려고 했지만 냥이가 먼저 입을 열었다.

"그래. 네 말이 맞느니라. ……하지만. 하지만, 흰둥아. 현실을 따져 보면 어쩔 수 없지 않느냐? 내가 외로울지라도 그 편이 너에게 더…… 흰둥아?"

랑이와 함께 지내 온 나는 알 수 있었다.

지금의 랑이는 진심으로 화가 났다. 은빛 머리카락이 거꾸로 섰고 대기가 떨리며, 심지어 지금까지 잘 자고 있던 바둑이가 깨어나서 부들부들 떨며 구석에 틀어박혔다.

"뭐가……."

주먹을 꽉 쥔 랑이가 소리치듯 말했다.

"뭐가 어쩔 수 없는데?! 뭐가 어쩔 수 없는 건데?! 나하고 같이 살면 되는 건데, 뭐가 어쩔 수 없는데?! 성훈이도 도와준다고 하는데 뭐가 어쩔 수 없다는 건데!"

"억지 부리지 말거라!"

"억지 부려도 된다며! 내 억지 들어준다며! 내가 무슨 말을 하든, 내가 나쁜 짓을 하든, 언니는 내 편이라며!"

냥이가 할 말을 잃었다.

"내 편이라며! 내 편이라며! 그건 내 옆에 있어 준다는 말 아니야? 그런데 왜 말은 그렇게 하고 왜 자꾸만, 왜 자꾸만 멀어지려고 하는 건데! 나한테 거짓말한 거야? 아니면 사실은 나하고 같이 있기 싫은 거야? 언니는 나 안 좋아해? 나 안 사랑해? 나, 언니 동생 아니야? 혼돈에서 같이 태어났어도, 하나에서 둘이 됐어도, 언니는 내 언니가 아니야? 그래서 나하고 같이 살기 싫은 거냐고!"

"해서 될 말이 있고 안 될 말이 있느니라!! 너는 누가 뭐라 해도 내 동생이다! 나는 네 언니고! 너를 지키기 위해서 살아왔고, 너의 행복을 위해서 살아왔다! 만약 네가 스스로 내 동생임을 부정한다 하더라도, 그 시간이! 내가 네 언니며! 너는 내 동생이라는 사실을 증명할 것이니라!"

"나는 그런 거 몰라!"

랑이는…… 울고 있었다.

"언니가 정말 내 언니면! 내가 정말 언니의 동생이면!"

랑이는 울면서도 울지 않으려고 애쓰며, 흘러나오는 눈물을 옷소매로 닦으면서 냥이에게 손을 내밀었다.

"언니. 제발, 부탁이야."

나와 함께 있어 줘.

나는 터져 나온 울음 때문에 묻힌 랑이의 목소리가 들리는 듯했다.

끝마치는 이야기

"어서 오시죠."

조금 전까지만 해도 식신으로 함께 있었던 세희에게 환영 인사를 받아도 어색할 뿐이다.

"어."

"이럴 때는 다녀왔어, 라고 말하는 게 업계의 약속인데 말이죠."

세희는 오덕스러운 말을 하고서 냥이를 보았다.

"묵으실 방은 **예전부터** 준비해 두고 있었습니다. 안내해 드리죠."

"쓸데없는 말이 한 마디 많구나. 그리고 내 방은 필요 없느니라."

냥이가 시선을 랑이 쪽으로 돌리는 것과 동시에 내가 말했다.

"랑이는 세희하고 나래랑 같이 자는데."

자기가 할 말을 선수 쳤다고 생각하는 걸까. 아니면 다른 이유가 있어서인지 모르겠지만 나를 보는 냥이의 시선이 그리 곱지만은 않다.

"이곳이 비록 누추한 곳이라 하더라도 흰둥이에게 방 하나 마련해 주지 못할 정도는 아닐 텐데."

확실히 랑이하고 자매 맞구나, 너.

"내 탓이 아니야. 나한테 따지지 마."

"네놈이 이 집안의 가장 아니느냐."

"가장의 권위가 땅에 떨어진 시대입니다, 냥이 님."

"쯧, 사내구실도 못하는 것 같으니라고."

사이가 나쁜 녀석들도 공통의 적이 생기면 잠시라도 손을 잡는 법이지. 앞으로는 지금까지보다 더 정신적으로 힘들 것 같다는 생각이 든다.

"성훈아."

내 피로 회복을 책임지는 랑이가 퉁퉁 부어오른 눈을 비비며 셔츠 밑부분을 살짝 잡아당기면서 잠긴 목소리로 말했다.

"나, 너무 졸리느니라."

"아, 그러면……."

"뭐 하느냐. 흰둥이가 졸리다 하지 않느냐. 빨리 침소로 안내하거라."

"알겠습니다, 냥이 님. 아, 그리고 천한 것은 마당에서 노숙이라도 하시죠."

"마음에도 없는 소리를 하시네요."

나는 할 말을 빼앗기는 것에서 끝나지 않고 순식간에 홀로 남게 되었다. 가을밤의 싸늘한 바람이 옷깃을 스친다.

"……뭐, 좋은 게 좋은 거지."

나는 고개를 꾸벅꾸벅하며 걸어가는 랑이와 자신의 여동생을 챙기는 데 정신이 없는 냥이를 바라보며 그렇게 중얼거렸다.

……쓸쓸하지 않은걸.

진짜로 쓸쓸하지 않은걸.

나도 잠이나 자러 가자.

동요 중에 이런 것이 있다. 즐거운 곳에서~는 날 오라 하여도~ 내 쉴 곳은~ 작은 집~ 내 집뿐이리~.

또한 집 나가면 고생이라는 말도 있지.

즉, 아무리 편한 곳이라 해도 집만큼 좋지는 않단 말이다. 지난 한 달간 할아버지 댁은 어느새 내게 있어서 제2의 우리 집이 되어 버렸고, 당연히 2일 동안 머물었던 냥이의 산장과는…….

아, 그냥 짧게 말해서 할아버지 댁에 돌아온 나는 꽤나 깊게 잠들어 버렸다. 그 사실을 깨달은 것은 누군가의 목소리를 듣고 의식이 수마에서 벗어난 이후였다.

"……나거라."

익숙한 목소리. 랑이다. 나는 몸을 뒤척이며 대답했다.

"5분만 더……."

평소의 랑이라면 품속에 안겨서 흡하흡하 숨을 들이마시며 내 냄새가 어떻고 저쩌고 했을 것이다. 하지만 오늘은 달랐다.

"일어나라 하지 않았느냐."

랑이가 어딘가 성이 난 목소리와 함께 꾸욱~ 하고 뭔가 내 볼을 눌렀다. 감촉과 크기와 모양새로 보아, 이건 발이다. 지금 랑이가 날 발로 밟은 것이다!

이 어이없는 상황에 나는 눈을 번쩍 떴다.

"헐."

내 볼을 누른 것은 역시나 발이었다. 하지만 발의 주인은 내 예상과는 달랐다. 다리를 따라 시선을 올리니 야구하러 나가면 어울릴 것 같은 복장의 냥이가 기분이 나빠 보이는 표정을 짓고서 나를 내려 보고 있었다.

나는 속으로 안도의 한숨을 내쉬었다. 휴……. 랑이가 아니었구나. 그래, 우리 랑이가 그럴 리가 없지.

"해가 중천에 걸렸는데 네놈은 냉동고에 들어간 시어머니가 보내 준 쉰 김치처럼 이불 속에서 나올 생각을 하지 않는구나."

랑이와 달리 더한 짓도 저지를 수 있는 냥이의 발을 치우고 일어나 앉았다. 슬쩍 벽에 걸린 시계를 보니 10시다. 조금 늦잠을 자긴 했네. 몸이 찌뿌둥하다. 나는 늘어지게 기지개를 켰다.

"으어어어어어어어~!"

이게 지금 10대 청소년의 입에서 나온 소리라는 게 슬프다.

"……."

"왜."

"정신 연령은 낮은 놈이 노화는 빨리 왔구나."

이럴 때 하기 좋은 말이 있지.

"세상이 날 이렇게 만들었다."

"헛소리 집어치우고 일어났으면 나가 보거라. 이곳에 머무는 녀석들에게 제대로 된 설명도 아직 하지 않았잖느냐."

아, 그랬지. 어제, 아니, 오늘인가? 냥이와 함께 할아버지 댁으로 돌아왔을 때는 이미 늦은 밤이어서 그럴 수가 없었지. 그리고 나는 늦잠을 잤고…….

아마도 다른 애들은 아무런 사전 고지도 없이 냥이와 마주쳤을 것이다.

"……애들한테 이상한 짓 안 했지?"

"……내가 이유도 없이 흰둥이가 화낼 만한 짓을 할 것 같으냐."

그것참 다행이구나.

"하지만 나를 보고 지레 긴장한 녀석들은 내 탓이 아니니라. 그런데 흰둥이 그것은 마치 내가 잘못했다는 것처럼 말하니……."

그래서 날 깨우러 온 건가. 한숨을 쉬고 한참을 투덜거리던 냥이는 나를 보고는 기분 나빠하며 말했다.

"뭘 웃고 있느냐?!"

내가 웃고 있었나? 그러고 보니 입가가 살짝 올라간 느낌도 드네.

"아니, 아무것도 아니야."

나는 꼬리를 삐쭉 세우며 경계를 표하는 냥이에게 말했다.

"어쨌든 금방 씻고 갈게."

나는 이불을 들추며 일어나려다가…… 다시 덮었다.

"먼저 가 있어."

내가 이런 말을 하는 이유를 건장한 남성이라면 누구나 다 알 수 있을 거다.

"……흥. 꼴에 남자라 이거냐."

아니, 요즘에는 거의 일반 상식이 되었나.

"그냥 넘어가 주면 안 되냐. 생리 현상인데."

"내가 왜 그리 해 주어야 하느냐."

냥이가 성질나는 말을 하고서 뒤로 돌아 방에서 나간다. 꼬리가 살랑 흔들린 걸 보니 날 놀린 거로 기분이 좋아진 것 같다. ……저 망할 자식. 달라진 건 없다 이거지.

먼저 화장실에 가고 가볍게 세면까지 마치고 들어간 안방의 분위기를 한 마디로 정의 내린다면, 각양각색이었다. 가장 먼저 눈에 들어온 건 심기가 불편해 보이시는 나래 님이다. 예전부터 자기 지정석이라 할 수 있는 소파에 앉아서 다리를 꼰 채 냥이를 경계하고 있다. 그러거나 말거나 냥이는 벽에 등을 기대고 앉아 자신에게 어리광을 부리는 랑이를 쓰다듬는 데 열심이다. 그리고 치이와 페이는…… 방구석에 가만~히 앉아 있다. 처세술이 좋은 것인가, 아니면 지금 자신들은 눈에 띄서는 안 된다고 생각한 것일까. 그래도 내가 방 안에 들어오자 치이와 페이는 머리카락을 파닥파닥 빙글빙글하는 것으로 반가워해 줬다.

그리고.

"아빠, 잘 다녀왔어?"

우리 아야는 그대로 내게 달려와서 품에 와락 안겼다. 그 모습에 랑이가 움찔 떨고 몸을 일으키려 했지만 냥이의 손에 막혔다.

"그래, 별일 없었어. 치이하고 페이도 안녕. 잘 있었지?"

"잘 다녀오신 거예요, 오라버니."

[잘 있었음. 버그 많이 잡음.]

나는 아야의 몸을 슬며시 옆으로 돌려 허리에 끼고서 나래의 옆에 앉았다. 자연스레 아야도 옆에 앉게 되었다. 그러자 치이와 페이가 동시에 벌떡 일어나다가 그대로 굳어서는 서로를 노려본다.

"가위바위보로 정하는 거예요."

[지지 않아.]

……무슨 소리래? 내가 그 말뜻을 이해한 건 가위바위보에서 이긴 페이가 기세등등하게 다가오더니 허벅지 위에 앉은 이후였다. 치이는 자신을 패배로 이끈 주먹을 부르르 떨며 분만 삼킬 뿐이었고. 그걸 본 나래가 자신의 무릎을 탁탁 두드리며 말했다.

"치이야, 이리 와."

내가 가고 싶었지만 그랬다가는 죽겠지.

어쨌든 잠시 그런 자리 배정이 끝나고서 나는 흠흠, 하고 분위기를 환기시켰다. 자연스레 나래와 냥이를 제외한 아이들의 시선이 내게 향했다.

"일단 냥이와 만나서 있었던 일을 말해 줄게."

그렇게 운을 띄운 나는.

"세희가 없잖아."

나래의 말에 시작부터 가로막혔다.

"……그러고 보니까 세희는 어디 갔냐?"

워낙 신출귀몰한 녀석이라 당연히 어딘가, 예를 들어 천장에 거미처럼 붙어 있다거나, 장판 밑에 두더지처럼 움츠려 있거나, 그림자 속에 닌자처럼 숨어 있을 거라 생각했다.

"부엌에 있어."

나래의 대답에 나는 자연스럽게 시선을 돌렸다. 지금까지는 몰랐는데, 부엌과 이어진 문 너머에서 대화 소리가 새어 나오고 있었다. 조금만 더 주의 깊게 들었다면 그것이 세희와 가희의 목소리라는 것을 알 수 있을 정도였다.

"부엌에서 뭐 한대?"

"신경 안 써도 돼. 오랜만에 왔으면 빨리 머리나 쓰다듬어 줘, 자기야."

아야가 살짝 날카로워진 목소리로 말했다. 이거 질투한 거 맞지? 나는 아야의 볼을 살짝 눌렀고 그 대가로 손가락을 물렸다.

아프지는 않다.

"그런 이유로 난 지금 일어날 수 없으니까 부탁한다, 치이야."

"아우우우, 이럴 때만 절 찾는 거예요."

불만인 것처럼 이야기하지만 치이는 은근히 내가 부탁한 게 마음에 들었나 보다. 파닥파닥하는 귀 위 머리카락과 밝아진 표정을 보면 안다.

하지만 치이가 부엌문을 열고 그대로 닫고서 기계처럼 몸을 돌렸을 때, 그 모습은 모두 사라지고 없었다.

"저는 아무것도 못 본 거예요. 못 본 거예요. 전 기억이 안 나는 거예요."

부엌 안에 있는 게 세희와 가희인 이상 뭔가 정상이 아닌 광경이 펼쳐지고 있을 거라는 건 알지만 도대체 뭘 본 거지? 원래 자리로 돌아와 나래의 두 팔로 자신의 허리를 감은 치이를 보니 호기심이 일었다.

"잠깐만."

나는 페이의 허리를 잡아 들어 올리……

[당할 수 없음.]

……다가 실패했다. 페이가 먼저 앉아 있던 채로 휙! 하고 몸을 허공에 날리더니, 빙글 공중제비를 돌아 내 등에 업혔거든.

재주도 좋다.

"……뭐하냐."

[스킨십 더 필요. 같이 오래 있고 싶음.]

한숨이 나오는 것과 동시에 미소가 지어졌다.

"알았어."

나는 페이를 등에 업고서 어딘가 불만인 듯한 아야의 머리를 쓰다듬어 준 뒤, 문으로 다가갔다. 그리고 나는 문을 열었다.

나는 문을 닫았다.

페이가 내 등에서 내려와 나래의 옆에 앉았다. 내가 지금 뭘 본 거지. 나는 고개만 돌려 나래에게 물어보았다. 나래는 내 시선을 완벽하게 읽고 답해 주었다.

"나도 몰라."

손 놨다는 이야기군. 그러면 나도 손을 놓자.

나는 냥이에게 말했다.

"세희도 거기 있었으니까 말할 필요는 없지 않을까."

"식신으로 본 것이 얼마나 있다고 하느냐. 네놈이 제대로 설명을 해 줘야 하느니라."

결국 다시 들어가야 한다는 건가.

할아버지 댁의 부엌을 맘대로 오일 수영장으로 만들지 말라고, 이 망할 창귀들아.

조금 시간이 지난 뒤. 나는 평소보다 반짝반짝 윤기가 나는 세희를 포함한 아이들에게 산장에서 일어난 일들을 상세히 이야기해 줬다. 나래는 이야기를 듣고 휴대폰을 만지기 시작했고 치이는 내 걱정을, 페이는 요괴넷 게시판 상황을 봐야 하겠다면서 자신의 방으로 돌아갔다. 아야는 집전화로 어딘가에 전화를 걸었고 나는……

"기다리고 기다리시던 일대일 과외 시간입니다."

세희에게 이끌려 여러 가지 추억이 있는 담장 앞에 오게 되었다. 애들 눈을 피해 이야기하기 좋다는 건 알지만 꼭 이곳에서 할 필요가 있을까. 내 방도 있는데.

"여기라면 엿듣는 시늉조차 하는 게 힘드니까요."

그도 그렇다. 일단 마당을 가로질러 와야 하니까. 웬만큼 간이 크지 않은 이상 세희가 독대하고 싶다는데 끼어들 녀석은 우리 집에 없다.

"여전히 네놈은 이상한 곳에 신경을 쓰는구나."

없었다, 라고 말해야겠지. 세희가 인상을 찌푸렸다.

"왜 오셨습니까."

"네놈이야말로 왜 따로 자리를 마련하여 이야기를 하려는 것이냐."

세희는 인상을 찌푸렸다가 이내 한숨을 쉬고서 말했다.

"속이려 해 봤자 소용이 없겠지요. 다른 분들께 부담을 짓게 하지 않으려 함입니다."

냥이의 입가가 올라갔다.

"천하의 네가 마음이 약해진 것이느냐."

"안주인님의 행복에 고려해야 할 사항이 많아졌을 뿐입니다. 그것 외에 무슨 이유가 있겠습니까."

냥이는 세희를 노려보았고 세희도 그러했다. 이러다가는 고래 싸움에 새우 등이 터질 것 같은데.

"일단 그만해."

이제야 숨 좀 돌리려고 하는데 또 문제가 일어나는 건 사양이다.

"나한테 하고 싶은 이야기가 있어서 부른 거 아니었냐?"

"그렇기도 합니다만."

세희는 나를 비웃었다.

"지금 상황에서는 주인님께서 먼저 말씀해 주셔야 하지 않겠습니까?"

내가 세희에게 말해 줘야 하는 것. 다른 아이들에게 부담이 되는 이야기. 그렇다면 내가 세희에게 알려 줘야 할 것은 간단하다.

"냥이를 데리곤 온 거에 대한 인간들의 반응을 어떻게 대처할까에 대한 이야기?"

세희가 대답하기 전에 냥이가 끼어들었다.

"마치 네놈은 인간이 아니라는 듯 말하는구나."

"인간 편은 아니니까."

"호오?"

내 말을 들은 냥이가 조금 놀라 하는 눈치다. 왜 저런데.

어디까지나 내 생각이지만 인간을 요괴의 우위에 올리려고 할 사람들은 많을 거다. 지금까지 그렇게 살아왔으니까.

"네가 날 시험하는 건지, 단순히 날 믿지 못해서 그러는 건지는 잘 모르겠지만 그런 어감의 말은 이제 하지 마라."

"어감이라는 단어도 아시다니, 놀랍습니다."

옆에서 내 지식수준에 딴죽 거는 세희는 무시하자.
“내 목표는 랑이와 행복하게 살 수 있는 세상을 만드는 거니까.”
“인간과 요괴의 차별이 없는 밝고 아름다운 세상 만들기, 라고 공익 광고라도 찍으실 생각이십니까.”
아, 좀, 가만히 있으라고.
“넌 왜 자꾸 그래?”
“화제가 옆으로 새기 때문입니다.”
그걸 네가 말하면 안 되지.
“알았어. 그러면 일단, 내가 냥이를 데려온 후에 인간들 쪽이 어떤 반응을 보이는데?”
“주인님께서는 지금 산골에 처박혀, 실례, 은거해 계시기 때문에 잘 모르시겠지만 그날 이후, 세상은 상당히 소란스러웠습니다.”
꼭 내가 이곳에 오고 싶어서 온 것같이 말한다.
“그 소란이 가라앉고 겉으로나마 안정되어 가려는 지금. 주인님께서 냥이 님을 보호하기로 한 것은 하룻밤 사이에 적잖은 파장을 불러일으켰죠.”
각오하고 있었던 일이다.
“그래. 지금부터는 나를 보호하겠다 나선 너를 지금까지처럼 인류의 편으로 볼 것인가, 아니면 인류의 반역자로 볼 것인가를 두고 논의가 이루어지겠지. 그 논의가 끝나면 너를 설득, 회유하기 위해. 혹은 제거하기 위해 어떤 식으로든 움직일 것이니라."

"바로 보셨습니다. 거기다 지금 당장은 큰 움직임이 없지만, 주인님을 인정하지 않는 대요괴들의 반향도 신경 쓰이는 상황입니다."

나는 잠깐 생각에 잠겼다가 말했다.

"그래서?"

세희가 말했다.

"그러니 주인님께 변고가 생겼을 경우를 대비해 후사를 남기는 것에 협조해 주시기 바랍니다."

내가 뭐라고 할 필요가 없었다.

"이놈!"

냥이가 먼저 나섰으니까.

"아직 나이도 차지 않은 우리 흰둥이에게 무슨 짓을 시킬 셈이냐!"

나이가 아니라 몸이겠지.

"만약의 상황에 대비하자는 것입니다. 누가 뭐라 해도, 주인님의 정통성은 하늘이 인정한 것. 하지만 그렇기에 오히려 주인님만 사라진다면 모든 것이 자신들의 뜻대로 움직일 거라 여길 자들도 있을 법합니다. 그렇다면 정당한 후계자를 남기는 것으로 주인님의 안전을 확보하는 것이 이치에 맞지 않습니까."

뭔가 그럴싸해 보이지만 문제가 한둘이 아니다. 이런 궤변에 넘어갈 정도로 난 바보가 아니라고.

"말도 안 되는 소리 그만하고."
칫. 도움이 안 되는군요, 하고 혀를 차는 세희는 무시하자.
"그러니까 지금 당장 닥친 문제는 인간들 쪽이라는 거잖아. 요괴들은 2차적인 차원이고."
"그렇습니다."
세희는 고개를 끄덕였고 냥이는 어디 한번 생각이 있으면 말해 보라는 듯 있는 힘껏 잘난 척을 하며 나를 올려다보았다. 그래 봤자 어린애지만.
"당장 해결해야 할 문제는?"
"현재로는 없습니다. 주인님께서 냥이 님을 보호하신 것이 바로 어제니까요."
의견을 나누고 움직이는 데에 조금 시간이 걸린다는 말이다. 그렇기 때문에 지금부터 미리미리 대비를 해야 한다는 말이고.
인간들을 상대로 내가 뭘 할 수…….
그 때.
나는 거짓말같이 나를 도와줄 수 있는 사람이 떠올랐다.
"알았어. 그러면 일단 나도 손을 써 볼게."
""호오?""
세희와 냥이는 내가 이런 말을 할 줄 몰랐나 보다.
"제정신이십니까, 주인님?"
"허풍은 떨지 말거라. 이것은 너뿐만이 아니라, 저 하늘의 달과 태양같이 세상에 꼭 필요한 우리 흰둥이의 일이기도 하느니라.”

……뭔가, 남자의 자존심이라는 것이 마음속에서 사정없이 꿈틀거리는데?

“제정신이고, 잘 생각해 보고 한 말이니까 한번 믿어 봐라.”

불신이 가득한 시선을 받는 것은 그다지 기분 좋지 않다. 나는 사람은 말이 아닌 행동으로 상대방에게 믿음을 줘야 한다는 사실을 예전에 깨달은 지 오래다.

“됐으니까, 일단 들어가자. 애들이 걱정할 수도 있으니까.”

“자기만 만족하고 상대방은 만족시키지 못하는 조루다운 말씀, 잘 들었습니다.”

아직 그런 건 모르거든?! 해 보지 않아서 아직 모르거든?!

“뭔데?”

“이번에 에레나라고 하는 금발 로리 발키리와 만나신 것으로 알고 있습니다.”

역시 발키리였나. 왜곡된 지식이 발키리에 대한 정보를 제공하는 것을 머리를 흔들어 끊어 버리고서 나는 대답했다.

“……그게 왜?”

“도련님께서 하신 행동 때문에 조금 문제가 일어날 것 같아서 말이죠.”

“나는 아무것도 안 했다.”

“정확히 말하면, 첫 출전에 나선 발키리를, 바둑이를 이용해 능욕하셨지요.”

이상하게 발키리라는 단어와 능욕이라는 단어가 겹치니

까…….

아, 진짜. 내 머리는 왜 이런 거야. 나는 세희의 함정에 빠지지 않고 최대한 쿨하게 말했다.

"그래서?"

"그다음은 알아서 생각하시면 됩니다."

알아서 생각해 보자.

음.

첫 출전에 나선 발키리. 어린 여자애. 뭔가 지기 싫어하는 드센 성격. 천재라는 자부심.

이 네 가지를 엮어서 답이 나온다면 내가 세희겠지. 기껏 내가 생각해 낼 수 있는 건 그 에레나라는 애가 나와 바둑이한테 화가 나서 뭔 짓을 벌일 수도 있을 거라는 정도다.

"뭐, 그건 그 때가 되면 어떻게든 되겠지, 뭐."

나는 어깨를 으쓱하며 세희와 냥이를 번갈아 보았다.

공명과 방통을 얻은 유비의 심정이 이러할까.

"기분 나쁩니다."

"기분 나쁘느니라."

나는 세희와 냥이의 반응에 상관하지 않고 방으로 돌아갔다. 왜냐하면 나는 지금부터 해야 할 중요한 일이 있다.

"뭐 하느라 늦었어?"

"성훈아! 오늘은 검둥이의 환영회를 해야 하느니라!"

"아우우우, 랑이 님. 그거 몰래 하기로 했던 거예요."

[모로 가도 케이크만 먹으면 장 땡.]

"……나 때는 그런 거 없었잖아."

"맛있는 거 먹는 거예요?"

나래와 랑이와 치이와 페이와 아야와 바둑이와 노는 거 말이야.

……그래야 어머니께 도와달라고 말할 용기가 날 것 같거든.

글쓴이의 끼적끼적

개인적인 사정으로 인해 작업 하는 장소가 카페로 변했습니다. 그러다 보니 앞치마(?)가 잘 어울리시며 제 취향의 안경을 쓴 카페 알바께서 아는 척을 하기 시작했습니다. 나는 당신을 기억한다는 것을 어필하고 싶다 이거죠.

그게, 거의 하루에 한 번씩, 정해진 시간에, 정해진 자리에, 카푸치노만 마시며 공책에 뭔가를 깨작거리는 사람이니까…… 그럴 수밖에 없겠죠. ……덕분에 카페에서 쓰는 돈이 한 달에 15만 원 가까이 나간다는 건 넘어가고.

10권 원고를 마치고 슬슬 후기도 써야 하나…… 하고 생각했을 때는 이미, 제가 주문할 때 눈웃음을 지어 주며 또 오셨냐고 물어 주고, 다른 자리의 탁자를 치울 때도 와서 말을 걸어 주고, 몸짓 하나하나에 호감이 전해지는 정도까지 왔습니다.

저 역시 사람의 호의에는 약한 편이라 점점 그분께 호감을 느끼게 되더군요.

이런 게 흔한 착각이라는 걸 알면서도, 나는 아니겠지, 아닐 수 있어, 가능성이 남아 있는데 확인도 하지 않고 부정을 하는 건 옳지 않아, 등등.

여러 가지 핑계를 대면서 그분께 어떻게 하면 좋을까 생각하고 있습니다.

남자지만.

안녕하세요, 이건 2부니까 나와 호랑이님 緣 1권으로 내자라고 말했다가 판매량에 나쁜 영향을 끼칠 수 있습니다, 라는 편집부의 주장을 이길 수 없어서 10권으로 내게 된, 이렇게 될 줄 알았으면 부끄럽고 쪽팔리며 놀림거리가 되지 않도록 완결이라는 말을 쓰지를 말 걸, 이라는 생각을 하고 있는 카넬입니다. 그동안 잘 지내셨습니까.

이번 드라마시디 제작에 도움을 주신 성우님들과 예나 지금이나 아이들이 반짝반짝 빛나게 도와주신 영인 님과 좋은 노래 만들어 주신 MVZ 관계자 분들과 어쨌거나 책이 나오게 도와주신 시드노벨에 감사드립니다.

독자 여러분들은 패시브입니다, 데헷★

◆ 본 작품의 의견, 감상을 기다리고 있습니다 ◆

보내실 곳 _

서울시 구로구 디지털로 26길
111 JnK디지털타워 503호
우편번호 152-848
㈜ 디앤씨미디어 시드노벨 편집부

카넬 작가님 앞
영인 작가님 앞

카넬 시드노벨 저작 리스트

『나와 호랑이님』 8.5
『나와 호랑이님』 8
『나와 호랑이님』 7
『나와 호랑이님』 6
나와 호랑이님』 5.5
『나와 호랑이님』 5
『나와 호랑이님』 4
『나와 호랑이님』 3.5
『나와 호랑이님』3
『나와 호랑이님』 2
『나와 호랑이님』
『나와 호랑이님』 9
『나와 호랑이님』 앤솔로지
『나와 호랑이님』 10

나와 호랑이님 10

1판 1쇄 발행 2014년 6월 1일
1판 7쇄 발행 2016년 5월 16일

지은이_ 카넬
발행인_ 신현호
편집장_ 이석원
책임편집_ 문승민
편집부_ 이호준 · 고동남 · 유석희 · 문승민 · 신은경 · 송영규 · 이혜영 · 최종건
편집디자인_ 한방울
국제업무_ 김현희
영업 · 관리_ 김민원 · 조인희

펴낸곳_ (주) 디앤씨미디어
등록_ 2002년 4월 25일 제 20-260호
주소_ 서울시 구로구 디지털로 26길 111 JnK디지털타워 503호
전화_ 02-333-2513(대표)
팩시밀리_ 02-333-2514
E-mail_ seed_dnc@hanmail.net
홈페이지 www.seednovel.com

값 6,500원

ISBN 978-89-267-9572-9 04810
ISBN 978-89-267-8052-7 (세트)